梦断香消四十年,沈园柳老不吹绵。此身行作稽山土,犹吊遗踪一泫然。

陆放翁沈园三首
癸卯年秋

宋诗选

陈达凯 ◎ 编选

上海社会科学院出版社
SHANGHAI ACADEMY OF SOCIAL SCIENCES PRESS

目　录

导　言 …………………………………………………（1）

楼船夜雪瓜洲渡　铁马秋风大散关——豪壮
　　夏日绝句 ………………………………………李清照（3）
　　金错刀行 ………………………………………陆　游（6）
　　书愤 ……………………………………………陆　游（12）

何必桑乾方是远　中流以北即天涯——悲愤
　　初入淮河四绝句 ………………………………杨万里（19）
　　关山月 …………………………………………陆　游（25）
　　过零丁洋 ………………………………………文天祥（29）
　　山窗新糊有故朝封事稿阅之有感 ……………林景熙（32）

可使翠华周宇县　谁持白羽静风尘——忧思
　　伤春 ……………………………………………陈与义（37）
　　次韵尹潜《感怀》………………………………陈与义（41）
　　冶城 ……………………………………………刘克庄（45）

从今别却江南路　化作啼鹃带血归——沉痛
　　示儿 ……………………………………………陆　游（51）

金陵驿 …………………………… 文天祥(54)
　　湖州歌 …………………………… 汪元量(57)

不识庐山真面目　只缘身在此山中——沉思

　　对雪 ……………………………… 王禹偁(63)
　　书河上亭壁 ……………………… 寇　准(68)
　　题西林壁 ………………………… 苏　轼(71)
　　登飞来峰 ………………………… 王安石(74)
　　观书有感 ………………………… 朱　熹(76)

一年好景君须记　最是橙黄橘绿时——奋发

　　赠刘景文 ………………………… 苏　轼(81)
　　病牛 ……………………………… 李　纲(84)
　　正气歌 …………………………… 文天祥(87)

满园春色关不住　一枝红杏出墙来——愉悦

　　游山西村 ………………………… 陆　游(97)
　　早发竹下 ………………………… 范成大(101)
　　示三子 …………………………… 陈师道(104)
　　游园不值 ………………………… 叶绍翁(108)

暖风熏得游人醉　直把杭州作汴州——讽刺

　　村豪 ……………………………… 梅尧臣(113)
　　题临安邸 ………………………… 林　升(116)
　　苦寒行 …………………………… 刘克庄(119)

目录

悲愁天地白日昏　路旁过者无颜色——怨苦

汝坟贫女 ……………………………………… 梅尧臣(125)

君难托 ………………………………………… 王安石(128)

青墩溪畔龙钟客　独立东风看牡丹——感伤

明妃曲 ………………………………………… 王安石(133)

牡丹 …………………………………………… 陈与义(138)

州桥 …………………………………………… 范成大(141)

不能手提天下往　何忍身去游其间——伤时

暑旱苦热 ……………………………………… 王　令(147)

苏秀道中,自七月二十五日夜大雨三日,秋苗以

　苏,喜而有作 ……………………………… 曾　几(150)

素衣莫起风尘叹　犹及清明可到家——超逸

宿洞霄宫 ……………………………………… 林　逋(155)

戏答元珍 ……………………………………… 欧阳修(158)

临安春雨初霁 ………………………………… 陆　游(161)

春风又绿江南岸　明月何时照我还——闲适

孤山寺端上人房写望 ………………………… 林　逋(167)

泊船瓜洲 ……………………………………… 王安石(170)

书湖阴先生壁 ………………………………… 王安石(173)

山园小梅 ……………………………………… 林　逋(176)

天明又作人间别　洞口春深道路赊——离情

梦游 ································· 徐　铉（183）
江南春 ······························· 寇　准（186）
示长安君 ····························· 王安石（189）
九绝为亚卿作 ························· 韩　驹（193）

我居北海君南海　寄雁传书谢不能——怀远

寄黄几复 ····························· 黄庭坚（199）

但愿暂成人缱绻　不妨常任月朦胧——欢爱

元夜 ································· 朱淑真（205）

陈迹可怜随手尽　欲欢无复似当时——哀悼

悼亡 ································· 梅尧臣（211）
思王逢原 ····························· 王安石（214）
沈园二首 ····························· 陆　游（217）

欲把西湖比西子　淡妆浓抹总相宜——风土

丰乐亭游春 ··························· 欧阳修（223）
饮湖上初晴后雨 ······················· 苏　轼（226）
惠崇《春江晚景》······················ 苏　轼（229）
和李才甫先辈快阁 ····················· 黄庭坚（231）
晓出净慈寺送林子方 ··················· 杨万里（234）
感春 ································· 张　耒（237）
江上 ································· 刘子翚（240）

目录

四时田园杂兴 …………………………………… 范成大(242)

晚泊孤舟古祠下　满川风雨看潮生——旅情

鲁山山行 ………………………………………… 梅尧臣(247)

淮中晚泊犊头 …………………………………… 苏舜钦(250)

忆钱塘江 ………………………………………… 李　觏(252)

泗州东城晚望 …………………………………… 秦　观(255)

剑门道中遇微雨 ………………………………… 陆　游(258)

三衢道中 ………………………………………… 曾　几(262)

何事吟余忽惆怅　村桥原树似吾乡——乡恋

村行 ……………………………………………… 王禹偁(267)

游金山寺 ………………………………………… 苏　轼(270)

诗人小传 ……………………………………………… (275)

再版后记 ……………………………………………… (282)

导　言

　　在中国诗歌发展史上,宋诗和唐诗一样,历来被认为是一个重要的阶段。唐诗万紫千红,是中国诗歌的高峰。宋诗则在继承唐诗的基础上又把唐诗没有开拓的余地加以发展,从而具备了与唐诗不完全相同的特色。虽然自南宋开始,八百余年来对宋诗的评价颇多争议,誉之毁之都大有人在,但是如果不失之偏颇,那么宋诗的成就和价值,是谁都无法轻易抹杀的。

　　我们所说的宋诗特色,是在宋代的政治社会现实和文学发展状况的基础上形成的。

　　960年,宋太祖赵匡胤建立北宋王朝,自中唐之后就在事实上存在而至五代十国明显形成的政治分裂状态,基本结束。在全国统一的条件之下,庄园经济发展得很快,城市手工业和商业的繁荣也是空前的。虽然"靖康之变"(1127)以后中原地区被女真贵族建立的金国所侵占,但仍然处于汉族政权之下的淮河以南地区和川陕一带的农业、手工业和商业还是有相当发展的。

　　但是,由于专制集权的统治制度不变,人民的自由度仍然维持在低水平,在北宋的中后期,由各种矛盾如官民对立、经济压榨而引起社会上的不满情绪,就变得非常严重。面对着这一社会现实,那些富有正义感的诗人,自然要在他们的诗中反映出这些严重的社会问题。因此,宋诗对于社会生活的反映比之前代的作品,不但内容上有新开拓,而且反映的深刻与细致程度也更有发展。例如,描写农民生活的诗篇,王禹偁的《感流亡》描写了因灾荒而流亡他乡的一家饥民的悲惨景况,梅尧臣的《村豪》揭露了农村豪强地主的威势,王令的《饿者行》刻画了在土地兼并情况下饥饿转徙的景象,范成大的《后催租行》讲述的是农民为了交租不得不将三个女儿连续出卖的苦情,陈造的《竹米行》则借称颂荒年可以用以充饥的竹米来暗示老百姓挣扎在饥饿线上的惨状……都是具有代表性的例子。除了农民以外,手工业工人和城市贫民也是宋代诗人描写的对象。这类作品虽不是很多,但可以说明宋代诗人对社会生活注视面之广。其中,梅尧臣描写窑业工人的《陶者》,柳永描写盐业工人的《煮海歌》,张俞描写养蚕妇女的《蚕妇》以及范成大描写城市小贩的几首绝句,同情劳动者的主题都很鲜明。所有这些诗篇,大多直写所见所想,朴素平易,直截痛快;而且用诉诸形象的方法来揭示主题,显示出诗人们对生活的敏锐洞察力和高度概括力。

　　宋代又是中国历史上民族冲突长期出现的时代。除了在建立初期,宋太宗赵光义曾两次(979年和986年)伐辽,期冀收复燕云十六州以外,它都始终处在辽和西夏的威胁之下。而执政者也一直执行着对外妥协求和的政策,直至1126年冬金人攻陷汴京,北宋覆亡。南宋王朝建立以后,不但不奋发以图恢复,却以更加屈辱妥协、苟且偷安的姿态出现,最后又被入侵的元军所灭亡。如果说,因为北宋的国力尚使辽和西夏的侵犯不足以成为汉族政权的心腹大患,所以这一时期诗人反映这一问题的作品还较少的话,那么,自汴京沦陷至南宋灭亡,一代一代的诗人们怀着悲愤、痛苦、抑郁而又充满渴望的心情,写出了大量反抗异族侵略、宣传爱国主义的诗篇。其中最具代表性的诗人有陆游、辛弃疾、陈与义、文天祥、范成大、杨万里、刘克庄、汪元量、谢翱、林景熙等。我们之所以列举诗人而不列诗作，是因为这一类诗实在是太多了。诗人们倾注了全部的热情赞美祖国的壮丽山河，歌颂为国捐躯的民族英雄，叙述沦陷区百姓的痛苦生活，揭露妥协投降派的腐化、苟且。这些作品不仅在内容上发扬了我们这个民族固有的气节，激励着人民的爱国情绪，而且因为诗人们在这类题材上往往寄情深切，以血泪写就，从而在艺术上也取得了辉煌的成就。大量诗篇表现出来的爱国激情，应该说是宋诗的主流和基本特色。

从艺术表现的角度来说，宋诗所独具的特点也许就是严羽在《沧浪诗话》中所说的"以文为诗，以议论为诗"了。这种散文化倾向，首创者是唐代的韩愈，他以散文为诗并且喜欢在诗中发议论。北宋自欧阳修至王安石、苏轼，使这种风格逐渐形成。这种局面的出现，一是有想法、有作为的作家们对唐末至宋初那种过分雕琢字句的风气不满，想要把诗写得语言更流畅，形象更生动，气势更宏大；二是与古文运动的展开、最高统治者的倡议和社会客观上的迫切要求有关。在诗中发议论确是宋诗的一大特征（虽然在宋以前亦有），而且常为论者所诟病。其实，每个诗人都一定会对自己的生活，所处环境，社会现实或某人某事发表自己的看法，只不过表露方式不同罢了。唐诗贵含蓄，诗人们的看法是在描叙的过程中自然显现的；而宋诗则重刻露，诗人们的看法是在描叙的同时公然表示的。很难绝对地认为含蓄一定高于刻露，问题在于表现的是什么主题和如何去表现。只要不是"皆文之有韵者尔"乃至"语录讲文之押韵"，刻露也有感情奔放、直率自然的长处。由此可见，宋诗的"以文为诗，以议论为诗"是在一个既定条件下形成的，这是宋诗对唐诗的师承，也是自身的革新和发展。此外，比唐诗写得工稳、细致，特别重视诗的气韵和意境的创造,也是宋诗在表现手法和艺术技巧方面的发展。

宋诗的流派相当多,如"西昆派""革新派""苏门弟子""江西派""四灵派""江湖派""爱国诗派"等,但是这些流派也只是粗略的区分。如果列举宋代的著名诗人的话,是可以开出一长串名单的。举其大端,有陆游、苏轼、王安石、欧阳修、范成大、梅尧臣、杨万里、苏舜钦、王禹偁、王令、黄庭坚、秦观、陈师道、张耒、曾几、陈与义、刘子翚、文天祥、刘克庄、戴复古、汪元量、林景熙等。他们凭借自己的独创性,发挥自己的特色和风格,创作出大量的优秀诗篇,为中国的文学宝库增添了一份珍贵的财富。

这本《宋诗选》共收诗六十七篇。按感情分为豪壮、悲愤、忧思、沉痛、沉思、奋发、愉悦、讽刺、怨苦、感伤、伤时、超逸、闲适、离情、怀远、欢爱、哀悼、风土、旅情、乡恋二十类。因为是按感情分类,所以选诗也不得不考虑分类的需要。名家的诗不能不选,但又不可太多;题材、风格相近的,也只能优中选优。每篇除作品外,有"注释""作意""作法""鉴赏"及"补充说明"诸项,从作品的主题、创作背景、层次、脉络入手,结合串讲,进行对诗人感情的分析。"补充说明"着重采录相关诗篇、诗本事、前人评论及诗人逸事,以帮助读者扩大鉴赏视野。

选诗、注诗历来是难做的事。宋范成大曾经敦请陆游为苏轼诗集作注,以"发明东坡之意",陆游敬谢不能,理由是要得作者微旨是相当难的。注诗仅仅止于释义,说诗则必然会更加困难。刘勰在《文心雕龙》里就曾经说过"文情难鉴",感叹"知音其难哉!"说诗既要不诬古人,又要不负古人,真是谈何容易!我努力做了些尝试。自感谫陋,敬请高明指正。

楼船夜雪瓜洲渡
铁马秋风大散关
　　——豪　壮

夏 日 绝 句

李清照

生当作人杰①,死亦为鬼雄②。至今思项羽③,不肯过江东④!

【注释】
① 人杰:人中豪杰。 ② 鬼雄:鬼中英雄。 ③ 项羽:即西楚霸王,名籍,字羽。秦末率军起义,秦亡后,与刘邦争天下时败北,自刎于乌江(今安徽和县乌江浦)边。 ④ 江东:长江流经皖南至南京一段呈西南—东北走向,其时此段长江南岸的地区通称为"江东"。此处除了指地域,亦引申为对外出者家乡的指代。

【作意】
这是一首咏史诗。借人们熟知的史事,作者概括了自己的人生准则,抒发了爱国主义的思想感情。

【作法】
此诗和一般咏史诗的先述史后议论的写法不同,首二句即从大处落笔,开宗明义地道出主题;后两句的史事叙述带有强烈的感情色彩,以服务于主题,别具一格。

【鉴赏】
李清照以词闻名后世,传世的诗只有十余首。这首《夏日绝句》

是其中最著名的作品,传诵极广,历代的评价也极高。细研诗意,应当是高宗建炎年间(1127—1130)的作品。其时,汴京已沦陷,但是河北、河东一带抗金义军纷起,金兵孤军深入,并未占据绝对优势。在南京即位的高宗赵构如果坚决抵抗,是可以大有作为的。但他蓄意退让,从南京、扬州而至临安、越州、明州,最后定都临安,偏安江南。李清照一家也是此时逃难江南的。不久,丈夫病故,她孤子一身,过着凄苦的晚年生活。《夏日绝句》当是对朝廷当权者逃跑政策的批判。

"生当作人杰,死亦为鬼雄",首二句从大处着笔,谈生论死:一个人要奋发有为,活着应当是人中豪杰,死了也做鬼中英雄。这两句中的"人杰"和"鬼雄"都有出典。《史记·高祖本纪》有汉高祖刘邦赞扬张良、萧何、韩信同时也是自夸的话:"此三者,皆人杰也,吾能用之,此吾所以取天下也。"屈原《九歌·国殇》有句:"身既死兮神以灵,子魂魄兮为鬼雄!"张良、萧何、韩信、屈原,都是历史上有胆有识的有为之士,作者在这里以论及他们或出自他们手笔的典故作为人生标准,使我们知道她在人生抱负上的目标远大和品格气质上的崇高坚毅。这十个字尽道人生要义,真是字字铿锵有力,句句掷地有声。

后两句所引的史事是尽人皆知的西楚霸王故事。项羽在垓下一战,惨败于刘邦,单骑逃到乌江边。乌江亭长劝他过江重振旗鼓,卷土重来。他说,跟随自己征战的江东子弟都阵亡了,只身回去,愧见江东父老。于是在江边自刎而死。项羽跟随叔父项梁举义是在江东吴地(今江苏苏州),后率领八千江东子弟渡江而西,所以诗中称江南为"江东"。楚汉相争,项羽的败因以及对他的评价历来是诗人们感兴趣的题目。唐杜牧的《题乌江亭》这样写道:"胜败兵家事不期,包羞忍耻是男儿。江东子弟多才俊,卷土重来未可知。"他对项羽的结局表示惋惜，认为项羽如返回江东，还有反败为胜的可能。王安石的《乌江亭》所持的观点则与杜牧针锋相对："百战疲劳壮士哀，中原一败势难回。江东子弟今虽在，肯为君王卷土来？"这当然是见仁见智，各抒己见。但李清照却不是就事论事地评价历史人物，她紧紧抓住项羽那种生为人杰、死为鬼雄的豪壮气概和宁为玉碎、不为瓦全的人格精神，歌颂了自己心目中的英雄。的确，按政治家的标准而言，项羽远远及不上刘邦；但是从个人气质与品格来说，他却是高于刘邦许多的顶天立地的男子汉！

诗人创作，可以直抒其情，明言其事，也可以情附物上，意在言外。言在此而意在彼，就是"寄托"。这首《夏日绝句》借古喻今，揭露和抨击了在山河破碎、国难当头的形势下偏安江南的统治者。作者"至今思项羽"，说的是自己的人生准则，又寄托了多少沉痛、悲愤、讽刺和谴责！

【补充说明】

在李清照留存不多的诗作中，以历史题材为主题的倒也有好几首。其中《浯溪中兴颂诗和张文潜二首》较长，笔锋纵横地评议兴废，总结了唐代安史之乱前后兴败盛衰的历史教训，很有见地。短诗有《咏史》："两汉本继绍，新室如赘疣。所以嵇中散，至死薄殷周。"《夜发严滩》："巨舰只缘因利往，扁舟亦是为名来。往来有愧先生德，特地通宵过钓台。"

金错刀行①

陆 游

黄金错刀白玉装②,夜穿窗扉出光芒③。丈夫五十功未立,提刀独立顾八荒④。京华结交尽奇士⑤,意气相期共生死⑥。千年史策耻无名⑦,一片丹心报天子。尔来从军天汉滨⑧,南山晓雪玉嶙峋⑨。呜呼,楚虽三户能亡秦,岂有堂堂中国空无人!

【注释】

① 金错刀:亦称"错刀",原为钱名,泛指钱财,东汉张衡有《四愁诗》"美人赠我金错刀,何以报之英琼瑶"句;后引申为以黄金涂其环的佩刀。行:歌行,诗体的一种。　② 白玉装:刀柄嵌有白玉。　③ 窗扉:一作"浮扉"。扉:门扇。　④ 顾:环顾。八荒:四面八方荒远的地方。　⑤ 京华:京城。此处指南宋都城临安。奇士:才能出众的人。　⑥ 相期:相互勉励和期望。　⑦ 史策:即史册、史书。　⑧ 尔来:近来。天汉滨:汉水边。此处指汉中。　⑨ 南山:即终南山,位于南郑(今陕西汉中)东北。嶙峋:山石不平的样子。

【作意】

这是一首咏物诗。诗人借对金错刀的咏叹,表达了坚持抵抗外侮、战胜寇仇的政治抱负与坚定信念。

【作法】

　　这首古体诗共十二句,分为三个层次。第一层次四句咏物抒怀,借刀挑起功业未就的叹息;第二层次六句,回顾了和朋友们的交往与互相激励,表达了忠心报国的心愿;第三层次两句则呼喊出战胜敌人的决心。三个层次之间环环相扣,毫不松懈。又由于这种体裁来源于民歌,具有"如骏马蓦坡,可以一往称快"(《古今词论》)的抒情特点,所以通篇显得雄放豪迈、酣畅淋漓。

【鉴赏】

　　此诗作于宋孝宗乾道九年(1173)秋天。作者这时在四川摄知嘉州事,已经四十八岁了。一年前,他在四川宣抚使王炎帐下任干办公事兼检法官,积极参与了部署反攻,收复西北失地的计划。其时上下齐心,希望就在眼前,不料王炎被调回临安,幕府星散,北征计划也顿成泡影。作者南调四川之后,回忆起人生半世的多少往事,不由得心潮起伏。看着眼前的金错刀,托物咏志,慨然成篇。

　　诗的一开头就明确点题,对金错刀进行了称誉:刀环涂有黄金,刀柄镶有白玉,这真是一把很名贵的佩刀。但是,它的更优秀的特点是内在的:到了夜间,刀会放射出光芒,穿透窗棂门扇。所谓刀剑夜有光芒,在古代被称为"宝剑之精"。《晋书·张华传》记载说,晋武帝时,天上斗、牛两星座之间,常常出现一道紫光,张华问雷焕这是什么征兆,雷焕回答说这是地上宝剑精光照射的缘故。雷焕后来当丰城县令时,果然在地下挖掘出"龙泉"和"太阿"两柄寒光逼人的宝剑。诗人咏刀,先赞其外形的华美,再道其内在的精妙,目的是要借刀言志。这样名贵、锋利、无坚不摧的宝刀,最大的用处不正应该用来杀敌吗?这也正是数十年来作者日日思上阵、时时念杀敌的真实写照。

但是,现实又如何呢?自己的才略空置,不被重用,胸中愤懑之气是难以言表的。所以接下来的两句直抒胸臆:大丈夫年近五十,功名不成,事业未就;独立提刀,茫然四顾八方荒凉之地。诗人从年轻时代起矢志报国,但是走过的道路却始终是坎坷不平的:三十岁以前中进士试第一名参加礼部复试,名列前茅,因名居秦桧孙子秦埙之先,又因"喜论恢复",竟被秦桧废黜;三十八岁任镇江通判时赞助张浚的抗金活动,后来便被主和派以此作为罪名罢官;一年前在王炎幕下的往事,更是历历在目,不堪回首。"学剑四十年"(《醉歌》)为的是"上马击狂胡,下马草军书"(《观大散关图有感》),但是现实却是"渭水岐山不出兵,却携琴剑锦官城"(《即事》)。眼看宝刀空有声,诗人怎能不生出时不我待的感慨呢?"提刀独立顾八荒"句写得既有形象,又有意境,表现出一个顶天立地的男儿有才难施、有志难展的万般无奈心情;但这种万般无奈又不是全然颓唐、绝望的,因为在"八荒"之前再用上一个"顾"字,不但有渲染环境、气氛的作用,更可以表现功业未就的大丈夫壮心不死的精神面貌。

在第二层次,作者的笔锋转入了对往事的回忆。从绍兴三十年(1160)至隆兴元年(1163)五月,作者在都城临安先后担任过敕令所删定官、枢密院编修、圣政所检讨官等官职,和一些名臣贤士来往,结交成很好的朋友。其中有力主抗战的代表人物陈康伯,直言进谏揭露秦桧集团罪恶而获得"贤士"嘉称的王十朋、查籥、李浩等,更多的则是和诗人一样的爱国士大夫。他们在驱敌寇、除内奸、富国强兵的共同目标下建立起友谊,又在交游中互相勉励,寄予期望。这种友谊,曾带给作者很大的温暖和鼓励,使得他那充盈的爱国热情即使在失意彷徨时也始终不衰馁。所以作者在"提刀独立顾八荒"的感叹之后马上就有"京华结交尽奇士,意气相期共生死"的回忆。一忆及这些"奇士"，作者的心也为之振奋，他相信这些可敬可亲的朋友们不会改变初衷，一定会把抗金复国的事业坚持下去，而自己也从这里汲取到无穷的力量。

"千年史策耻无名，一片丹心报天子"两句，是作者表明自己的心愿：如果在史书上不能留下自己的名字，那真是一件羞耻的事情；我的一片耿耿忠心，是为了能够报答君王的恩情。从陆游的出身、经历、抱负来看，建功立业、忠君报国是题中应有之义。孝宗即位之初，颇有恢复之志，曾召见诗人，喜其"力学有闻，言论剀切"，遂赐进士出身，三个月以后让他担任了枢密院编修兼圣政所检讨官。当时，朝廷计划联络西夏以牵制金国，又号召沦陷区人民据州郡起义，这些文书都是由陆游起草的。他又多次上书，提出振肃纲纪、简易文书，设法迁都建康（今江苏南京），注意选用西北人才等建议。他是始终对孝宗抱有知遇之感的。更重要的是，诗人的功名观是和他的抗金复国志业须臾不可分的；他的"一片丹心报天子"，首先也是把天子作为国家的代表来看待的。"策名委质本为国，岂但空取黄金印"（《读书》）和"国家未灭胡，臣子同此责"（《剑客行》）等句，都可以作为这种内在联系的佐证。作者在两句回忆之后突然加进表明心愿的两句议论，目的仍是在加强第一层次中隐约表露的功业未成志不饭的精神。

议论之后又是回忆："尔来从军天汉滨，南山晓雪玉嶙峋"。一年前，作者赴南郑入王炎幕府。南郑地处川陕的咽喉，是"北瞰关中，南蔽巴蜀，东达襄邓，西控秦陇"的西北国防重镇。南郑在汉水上游，其东北有山形参差耸峙陡峭的终南山，深秋积雪如玉，覆盖在山石上，显出一派奇特的景象。作者在南郑幕中，除了处理日常事务外，又常到附近地区巡视，与将士到山中打猎，并曾亲自奋戈刺虎；也曾冒雪跃马渡渭河，参与将士和前线敌人的一些小接触。据《宋史》记载：他曾向王炎"陈进取之策,以为经略中原,必自长安始,取长安,必自陇右始"。南郑的生活是作者永难忘记的,因为这使他有亲临前线以遂其渴望从军的机会,精神上得到了莫大的鼓舞。《独酌有怀南郑》中的"投笔书生古来有,从军乐事世间无"说明这段时间是他的生活历程中最不平凡,最让他感到快意的。从"千年"两句跳到这两句,初看似觉兀然,其实诗人无非还是借此表明自己抗金的决心是誓不动摇的,从军行、从军乐最可以证明这一点。

在南郑军中,他对敌占区爱国军民与南宋官军联系,不断为宋军传递情报,准备大军一反攻,立即起而响应的行动,深为感奋。这一切,后来被作者多次写入诗中,加以颂扬。而在这首诗的结尾,被这种状态和精神鼓舞着的诗人,不禁高唱:"呜呼,楚虽三户能亡秦,岂有堂堂中国空无人!"战国末年,秦以外交手段和武力并吞兼用,使楚国损兵失地,君主囚死敌国,最后终至灭亡。《史记·项羽本纪》载范增游说项梁时说:"夫秦灭六国,楚最无罪。自怀王入秦不返,楚人怜之至今,故楚南公曰:'楚虽三户,亡秦必楚也。'""楚虽三户,亡秦必楚"表达了楚国人民报仇雪恨的坚强意志。诗人以赞叹楚国人民光复祖国精神的方式,歌颂了现实生活中正在为光复沦陷国土而英勇斗争的爱国志士,大有拔刀出鞘似有声的气概,加之最后这两句出现了感叹词"呜呼"和疑问词"岂有",从七言变为九言,读来有如天河直泻,气势和意境都到达顶点,把诗人胸中雄奇奔放的感情完全宣泄至尽了,诗人的爱国主义精神随之成为这首咏刀诗篇的主旋律,这也是毫无疑问的。

【补充说明】

在陆游的诗中,雄健豪迈风格表现得最突出的是七言古诗。清代赵翼《瓯北诗话》评论说:"(放翁)律诗之工,人皆见之;而古体则莫有言及者。抑知其古体诗才气豪健,议论开阔,引用书卷,皆驱使出之,而非徒以数典为能事。意在笔先,力透纸背……试观唐以来古体诗,多有至千余言、四五百言者;放翁古诗从未有至三百言以外,而浑灏流转,更觉沛然有余,非其炼之极功哉?"陆游的七言古诗,确实大多篇幅不长,但寓谨严锤炼于奔放流动之中;它的雄健豪迈,实在是可以独树一帜的。这首《金错刀行》,正可以是赵翼诗论的一个例证。

书　愤

陆　游

早岁那知世事艰①,中原北望气如山②。楼船夜雪瓜洲渡③,铁马秋风大散关④。塞上长城空自许⑤,镜中衰鬓已先斑。《出师》一表真名世⑥,千载谁堪伯仲间⑦?

【注释】

① 早岁:早年,年轻时候。那:同"哪"。　② 气:豪气。　③ 楼船:有叠层的大船,此处指战船。瓜洲渡:瓜洲渡口,在今江苏扬州长江旁,为当时重要的江防据点。　④ 铁马:披着铁甲的战马。大散关:在今陕西宝鸡西南的大散岭上,是当时与金兵在西北交界处的军事重镇。　⑤ 长城:南北朝时南朝刘宋的大将檀道济能抵抗北朝魏的侵略,自比为万里长城。后人常常用此词比喻能抵御敌人侵扰的英雄人物。　⑥《出师》,即《出师表》,诸葛亮于蜀汉后主建兴五年(227)伐魏前上给后主的表文。名世:闻名于世。　⑦ 堪:可以。伯仲:原意指兄弟间长幼的次等,一般引申为评论人物差等之词,有差不多的意思。

【作意】

这是作者追怀往事之作,集中了诗人愤慨、感叹而又迫切希望以身许国的强烈感情。

【作法】

在陆游的诗中，七律是写得最多且最好的，这首《书愤》可以算是一首代表作。全诗从回忆入笔，用二十八个字便概括了自己青壮年时期的壮志豪情和前线的战斗生活，继而以此为映衬，抒发了壮心未遂、时光虚掷的愤慨与感叹。领联与颈联对仗工整，有极强的概括力。全诗读来雄健豪迈而又沉郁浑厚，使人低吟再三而不能止。

【鉴赏】

南宋孝宗淳熙十三年（1186）春天，罢官已经五年，退居在山阴老家，业已六十二岁的陆游被以朝奉大夫、权知严州军州事重新起用。当时，黄河以南、江淮以北（即诗中所说的"中原"）的国土都已被金人所占领，南宋朝廷靠称臣纳贡偏安于一隅，主张抗金的大臣和爱国志士不断受到投降派的打击与排挤。面对着残破的江山和衰败的国势，诗人思昔抚今，写出了这首慷慨悲壮的诗歌。

首联两句，通过"那知"两字承启，既是设问，也是叹息。回想当年根本不把敌人放在眼里，力主抗金，誓要收复中原，那股豪气，真如顶天立地的巍巍大山，势不可摧。"早岁"这一概念，在诗中是指作者的青壮年时期，但我们读诗时则可以想得更远：《书叹》有"少年志欲扫胡尘"句，《观大散关图》有"上马击狂胡，下马草军书，二十抱此志"句，《自警》有"少年不自量，妄意慕管、葛"句，都说明诗人这种气势磅礴的爱国豪情，是一以贯之的。豪情如此，结果却事与愿违，诗人的志愿一直没能实现，现在追忆起来，当然不胜感慨。首句不用早岁"不知"，而用"那知"，暗含着现在的已知，从字面上看，好像是对青年时不知世事艰难的自责，实际上是对当权者屈辱求和，破坏了恢复中原大业的谴责与感叹，"那知"两字的反诘语势，为全诗的言"愤"奠定了一种极其强烈的基调。

　　颔联（七律中的第三、四句）两句因其对仗工整、气势雄伟而成为千古传诵的名句。这里的回顾往事，撷取了往昔战斗生活中最能证明上句中"气如山"的事例。隆兴二年（1163），作者任职镇江通判，当时主张抗金的张浚以右丞相督视江淮兵马，在镇江修城筑堡，造舰建船，一时声威颇壮。作者是张浚的世交晚辈，得到器重，积极襄助张浚筹划军事。但不久张浚在符离战败，随即被罢免。之后，作者也被投降派冠以"力说张浚用兵"的罪名免职。这年的闰十一月，作者曾和友人踏雪登上镇江的焦山，在石上题名记事，内有"烽火未熄，望风樯战舰在烟霭间，慨然尽醉"等语，渡江北伐的宏愿遭到挫折，怎不令人"慨然尽醉"！乾道八年（1172），作者在四川宣抚使王炎军中担任幕僚，经常活动在南郑、大散关一带。这里当时是南宋的西北前线，作者认为这一带地势险要，物产丰富，足可以作为反攻基地，曾多次向王炎进策。但进策未被采纳，王炎不久被调回临安，北征的希望再次落空。回想起在军中时，他和士兵们同甘共苦，手执武器，铁骑奔驰，在凛冽的秋风中亲临第一线执行任务，那是多么值得追怀的经历！后来的《江北庄取米到作饭香甚有感》可以作为这段生活的参证："我昔从戎清渭侧，散关嵯峨下临贼。铁衣上马蹴坚冰，有时三日不火食。"这一联中，诗人用的是省却了谓语成分的名词连缀句，虽不用一个动词，却境界全出；以"楼船"对"铁马"，以"夜雪"对"秋风"，以"瓜洲渡"对"大散关"，不但对仗工切、顿挫铿锵，而且可以让读者凭借着诗人连用的三个名词所提供的时间、地点、环境、气氛，描画出一幅威武壮观的图景，这正是"气如山"的最好注脚。

　　在镇江和南郑的经历，是作者早岁两次最重要的爱国军事活动，他曾经认为这都是有把握可以取得胜利的，但最后终因当权者的昏庸与怯懦而化为乌有。回顾这段历史,该有多么大的愤慨和辛酸!所以有了颈联(七律中的第五、六句)的两句。南朝宋文帝杀大将檀道济,道济临死前投帻怒叱:"乃坏汝万里长城!"诗人的处境虽然没有檀道济的结果那么惨,但是却因主战而多年被投闲置散,同样可悲!壮志未酬,岁月蹉跎,揽镜自照,鬓发衰斑,又何其可叹!诗人的毕生宏愿是成为"塞上长城","自许"两字本身极为豪壮,可是一个"空"字,又把这豪壮之后的悲愤和沉痛表现得淋漓尽致。下句的一个"先"字,又把壮岁已逝,世事仍艰那种不穷的遗憾流露得如泣如诉。因为这两句是紧接着气势雄伟的上联而来,所以与上联形成了强烈的对比:往事与现状,理想与实际,两者之间的距离是这样大,诗意也犹如飞流的瀑布,从峰巅陡然跌入深渊,顿生悲凉。全诗的高潮和关键由是形成。

作者的愤慨、辛酸、沉痛与遗憾,当然是不吐不快,但这种"吐"又显得含蓄而有克制。这里的原因有两个:一是如果在诗中把感情写白了,写透了,恐怕意也就尽了,二是诗人对为国立功,收复失地也尚未完全死心,因此才有尾联两句。诗人一生对诸葛亮极为钦佩,引为自己的楷模;对《出师表》那种"北定中原……兴复汉室,还于旧都"的壮志和"鞠躬尽瘁,死而后已"的坚毅,他也一再赞颂,如"《出师》一表通古今"(《病起书怀》),"一表何人继《出师》"(《七十二岁吟》),"《出师》一表千载无"(《游诸葛武侯书台》),"凛然《出师》表,一字不可删"(《感秋》)等句。这是一声喟叹:自三国至南宋,千载之间,有谁可以和诸葛亮相媲美啊!这也是一种期待:希望有人(当然也包括作者自己)能在国难之际,像诸葛亮那样不辞艰难,干出一番北征报国的事业来。这里化用了杜甫《咏怀古迹》第五首中评价诸葛亮的话,"伯仲之间见伊吕",是十分贴切而诚挚的;其中那种仰慕、向往、遗憾、愤懑交错在一起的复杂情感,也很有细细回味的余地。

【补充说明】

　　诗名《书愤》,理所当然是抒写心中愤慨之情,但全诗却没有一个"愤"字,甚至也不见怒气满溢的字、词。但是这首诗中的忆往也好,视今也好,叹息也罢,感慨也罢,无一处不让读者感觉到"愤",豪宕慷慨而又深沉凝重的情调有如天成。清代纪昀关于此诗的批语说:"此种诗是放翁不可磨处。集中有此,如屋有柱,如人有骨。如全集皆'石研不容留宿墨,瓦瓶任意插新花'句,则放翁不足重矣。"

何必桑乾方是远
中流以北即天涯

——悲　愤

初入淮河四绝句

杨万里

船离洪泽岸头沙①,人到淮河意不佳②。何必桑乾方是远③,中流以北即天涯④!

刘岳张韩宣国威⑤,赵张二相筑皇基⑥。长淮咫尺分南北,泪湿秋风欲怨谁?

两岸舟船各背驰,波痕交涉亦难为⑦。只余鸥鹭无拘管,北去南来自在飞。

中原父老莫空谈,逢着王人说不堪⑧。却是归鸿不能语⑨,一年一度到江南。

【注释】

① 洪泽:湖名,在江苏西部,盱眙之北三十里。沙:水中、岸边的地,都可泛称为沙。 ② 意不佳:心情不舒畅。 ③ 桑乾:河名,当时通名卢沟河,至清朝改名永定河。发源于山西朔县,流经北京(当时陷金的燕山府)西南,至天津入海。 ④ 中流:水流中央,即水道的中分线。此处指淮河中流。 ⑤ 刘岳张韩:指刘锜、岳飞、张俊、韩世忠,都是南宋初年抗金的名将。其中张俊后来阿附秦桧杀害岳

飞,获得加官晋爵。　⑥ 赵张:赵鼎、张浚,南宋初期的名相。筑皇基:奠定皇业的基础。　⑦ 交涉:此处指河中波痕的互相交叉。⑧ 王人:皇帝的使臣,此处指南宋派往金国的使者。不堪:指不能忍受的痛苦生活。　⑨ 却是:倒是。

【作意】

　　这是作者在迎接金国派来的使者时,进入淮河后所写的组诗。诗中即景生情,含蓄曲折地抒发了国土沦丧、南北分裂的悲愤心情,表达了收复失地、统一国家的愿望。

【作法】

　　第一首写北行接金使,意绪恶劣;第二首写造成分割局面的根本原因在于朝廷的政策错误;第三首写丧权之耻;第四首写父老遗民之痛。从内容看,四首诗虽然独立成篇,各有侧重,但又互相联结,扣住作为分界线的"淮河"这一中心。四首诗在写作上都采取了景中含情、由景知情、因景明情的技法。

【鉴赏】

　　孝宗淳熙十六年(1189)冬,金国派来"贺正使"(互贺新年的使者)。受禅即帝位的光宗赵惇派杨万里去迎接金使。他从临安到淮河,面对宋、金划淮而治的现实,深有感慨,写了不少好诗。《初入淮河》就是其中的一组。

　　第一首是写诗人为迎接金使入淮河时的心情。洪泽湖自北宋开水道以达于淮河,遂成为运输交通要道。作者从洪泽湖出发,由西北折入淮河。"船离洪泽岸头沙,人到淮河意不佳"两句,切题入诗,成为整组诗的"首"与"基"。为什么会"意不佳"？作者满腹的心事真是一言难尽。绍兴十一年(1141)的和议规定宋金间以西起大散关，东沿淮河之线为界，宋向金称臣，宋向金割地并"岁贡"绢二十五万匹、银二十五万两。隆兴二年(1164)的和议虽然规定宋不再称臣，将"岁贡"改为"岁币"并减至绢二十万匹、银二十万两，但宋仍须割商、秦地，地界仍按绍兴和议规定。本来，作为陪伴金使的使臣，已经够羞愤郁结的了，而沿途所见，也已相当触目伤心，现在一入淮河，眼见原来的腹地，而今却成了敌国边境，怎不叫人胸怀作恶，意绪悲伤！

"何必桑乾方是远，中流以北即天涯"两句，是"意不佳"的详细注脚。桑乾河在唐代是与北方少数民族的分界线。贾岛《渡桑乾》有"无端更渡桑乾水，却望并州是故乡"句，以渡桑乾为远；雍陶《渡桑乾水》有"南京岂曾谙塞北，年年唯见雁飞回"句，以过了桑乾河才是"塞北"。"天涯"本指极远的地方，实际上不论真正距离，只要是隔绝、难到、异域地方，都可以称为"天涯"。在出洪泽入淮河的作者眼里，何必一定要到桑乾河才算远呢？他已走到了中国北面的边境，越过淮河中分线北面一步就是敌国的疆土，他已经远在天涯了！作者作为这样的"国使"，到这个"国境"，来迎接这样的"国宾"，难堪自不必言。他同时所作的《题盱眙军东南第一山》有"万里中原青未了，半篙淮水碧无情。登临不觉风烟暮，肠断渔灯隔岸明"句，与此都是情难自已的沉痛和悲愤。

山河破碎，国土沦亡，谁之罪？北宋末年朝政腐败已经久远，可以不论。南宋之初，曾经出现大好的抗金局面，但最后却付之东流，原因究竟何在？这是第二首的主题。

刘锜、岳飞、张俊、韩世忠在南宋初年都力主抗金，率军杀敌，令金人畏惧，向敌人宣示了国家的威严和力量；赵鼎和张浚都曾经两度出任宰相,运筹帷幄,奠定了南宋的基业。按理说,应该恢复有日,中兴有望了。但是结果如何呢? 出现的竟然是"长淮咫尺分南北"的局面! 北宋的苏辙出使辽国,归来时辽人送他到桑乾河入宋,他说:"胡人送客不忍去,久安和好依中原。年年相送桑乾上,欲话白沟一惆怅。"(《渡桑乾》)而现在淮河的主航道却成了国界了!"长淮咫尺分南北"一句安排得十分恰当,既与第一首中的"中流以北即天涯"相照应,又紧接"刘岳张韩宣国威,赵张二相筑皇基"之后突起转折,以相互矛盾的"因"与"果"留下一个悬念,进而引出"泪湿秋风欲怨谁?"的结句。

秦桧执掌大权以后,力主抗战的爱国名将、相纷纷被陷害、罢免。放着忠义为国的能人不用,却偏偏要宠用一贯走投降道路的秦桧及其党羽,是谁之过呢? 诗人的言外已经在暗斥最高统治者高宗赵构了。秋风萧萧淮水寒,志士唏嘘泪满衫。诗人的悲怆和愤懑,在"欲怨谁?"中表现得曲折而又沉重。

第三首的主题是亡国之耻。作者来到淮河,亲眼见到了由于南北分割所造成的违反自然之理的现象:两岸的舟船不能相向而只能背向行驶,这是因为淮河成了界河,人民无法自由往来;连淮河中分线两旁的波痕也感到相接难以自处,好像在各流各的,互不干涉。这两句把被金兵占领土地上人民被拘管,完全没有自由的景况描写得很透彻。"波痕交涉亦难为"当然是夸张的手法,但是从"两岸舟船各背驰"读下来,读者也许会想:占领者如果可以做得到,他们是一定会把两边的河水截然分开的。

在这种情况下,只有那在水面翱翔的鸥鹭是自由的了。"只余鸥鹭无拘管,北去南来自在飞",语气极其沉痛,因为是"只余",所以除了鸥鹭之外,一切都要受到边界的限制、拘管,毫无自由。写鸥鹭的自由自在是反衬南北隔绝,人民不能自由往来的悲哀。陈衍《宋诗精华录》曾就此问道:"可以人而不如鸥鹭乎?"作者的痛苦是藏得很深的。

第四首父老遗民之痛的主题,在宋诗中是多见的,但作者的这一首,却有它的特点。"中原父老莫空谈,逢着王人诉不堪":中原地区的百姓们沦陷已久,深受蹂躏之苦,一见到从南宋故国来的亲人,自然抑制不住要偷偷诉说生活的惨痛,表达渴望获得解救的心愿。范成大在《揽辔录》中记载相州的情况:"遗黎往往垂涕磋啧,指使人曰:'此中华佛国人也!'"比范成大早出使一年的楼钥在《北行日录》中说:"都人列观……戴白之老多叹息掩泣,或指副使曰:'此宣和官员也!'"比范成大出使后三年的韩元吉在《朔行日记》中也有记载:"异时使者率畏风埃,避嫌疑,紧闭车内,一语不敢接,岂古之所谓'觇国'者哉!"可见遗民在被占领区要和南宋的使者接触是不太可能的事,更不要说滔滔不绝地"诉不堪"了。但他们对故国的思念,对"王师"的向往,却是千真万确的。和范成大《州桥》中的"忍泪失声询使者,几时真有六军来?"一样,杨万里此处的"逢着王人诉不堪"也是高度艺术化的概括。遗民的心情如此,但诗人因为深谙内情,更觉得无言可对。"莫空谈"三字激愤沉痛,字字皆血。朝廷一味主和,无意也无力北伐,所有的希望都成了"空谈"——谈又有何用?!

结尾两句,诗人有无穷的感慨:父老们还不如不会说话的大雁,它们是年年都能南飞一次,而父老们则怕要长久屈辱地沦陷于敌人了!在南宋诗人的作品中,常借鸿雁来表达对中原失地的怀念,作者在这里是反用其意,写中原人民对南宋的向往。角度不同,抒写爱国之情则一。从第一首第二句开始的"意不佳",至此发挥到极致。深蓄于情事之中的沉痛、愁思和悲愤,在读者细细体味之后,是可以领会其情之深的。

【补充说明】

　　杨万里的诗辞谢前人，摆脱模拟，自成一家，时称"诚斋体"。他在《颐庵诗稿序》中说："今求其诗，无刺之之词，亦不见刺之之意也，……使暴公闻之，未尝指我也——然非我其谁哉？外不敢怒，而其中愧死矣！"《初入淮河四绝句》这组诗，寓深意于比喻之中，使不尽之意见于言外，是确实能使南宋朝廷中那些一心一意妥协主和的当权者们愧死的。

关　山　月①

陆　游

　　和戎诏下十五年②,将军不战空临边。朱门沉沉按歌舞③,厩马肥死弓断弦④。戍楼刁斗催落月⑤,三十从军今白发。笛里谁知壮士心⑥,沙头空照征人骨⑦。中原干戈古亦闻,岂有逆胡传子孙⑧。遗民忍死望恢复⑨,几处今宵垂泪痕。

【注释】

　　① 关山月:乐府古题,属《鼓角横吹曲》。　② 和戎:"戎"是古代对西北方民族的通称,此处指金。和戎指与敌人媾和。　③ 朱门:朱红色的门,指贵族豪门的宅第。沉沉:深远的样子。按:按照,依照。　④ 厩:马房。　⑤ 戍楼:边境上用以瞭望、警戒的岗楼。刁斗:古代军中的铜制用具,其形状似锅,白天用作炊具,夜间用来打更。　⑥ 笛:唐代吹奏《关山月》曲调的乐器中有笛,故云。　⑦ 沙头:即沙场、战场。　⑧ 逆胡:指入侵的金人。　⑨ 遗民:本指前朝亡后遗留下来的百姓,这里指在金统治区的人民。

【作意】

　　这首诗揭露了南宋统治者"和戎"政策带来的严重后果,表现了士兵报国无门的不满情绪以及人民渴望恢复中原的强烈愿望。

【作法】

全诗共十二句,分成三层意思:将军的沉湎声色致使战备弛废;战士的蹉跎年华和暴骨沙场;遗民的渴望恢复而连年落空。三个层次是作者观察的三个角度,组合表现出全诗的主题。

【鉴赏】

孝宗隆兴元年(1163),宋军在符离战败。十一月,孝宗下诏,以和戎、派遣使者等大事,交朝臣议论。次年,派使者到金,进行议和,这就是所谓的"隆兴和议"。自隆兴元年(1163)诏议和戎到陆游写这首诗的淳熙四年(1177),已经十五年了。这年春天,五十三岁的陆游罢官后闲居成都,回顾和议以来朝廷文恬武嬉、不图恢复、忍辱苟安的局面,心中极为愤懑。借古乐府旧题同时写了《关山月》《出塞曲》和《战城南》三首诗以寄怀。

第一层次四句写的是将军。金国自灭辽、灭北宋之后,形成了与南宋王朝对峙的局面。尽管朝廷内外倡言抗战,力主北伐的爱国者甚多,但是南宋的当权者们却以苟且偷安为是。隆兴和议之后,苟安的气氛弥漫朝廷,自然也影响到前线,于是就出现了诗人笔下的情况:将军不作战,巡守边境已经完全成为一句空话;应该用于征战的马儿久不上阵,养得一身肥膘,关在马房里等待老死;弓弦长时间不用,也都纷纷陈旧折断了;将军们在屋宇重叠的高楼大院里欣赏着歌女们按照乐曲的节奏且歌且舞,及时行乐。这里的"朱门",除了指"将军"们以外,一定还有讽刺远在临安的朝中权贵们的意思在内。因为能够最后决定"和戎"大事的,正是这批人以及这批人所簇拥着的皇帝啊!"和戎"诏下,最严重的后果首先会出现在与金人对峙的边境,因此,作者选择了"不战空临边"的"将军"作为批判对象的代表。

　　第二层次四句写的是战士。和"空临边"的将军们不同,和沉沉"朱门"内的达官贵人们更不一样,戍边战士们的拳拳报国之心在激烈地跳动。但是,他们得到的是什么呢？在戍楼的刁斗声中,时间飞快地一天天流逝,三十岁从军的壮年,现在已经长满了白发；然而,就是吹破了横笛,又有谁能理解壮士们寄托在《关山月》曲调中的报国之心呢？征人的白骨暴露在沙场上,在月光的照耀下显得特别醒目。他们没有在北伐的战斗中牺牲,生命实在是白白浪费掉的。在这四句里,作者紧紧抓住"刁斗""笛""白发"和"征人骨"这些典型事物来进行刻画："刁斗"声声,月落日升,形容了光阴的飞度；唐代王昌龄《从军行》有"更吹羌笛关山月",羌笛之声是悲凉、凄婉的,战士无言,唯吹羌笛以述志,其中滋味可以想见；三十岁当兵而今成了白发人,既呼应了"刁斗催落月"的日月如梭,又隐隐道出了难以言状的壮士之"心",到了骨骸暴沙,月光空照之时,似乎已经是什么都没有说而无须再说,什么都不想说而皆已说尽的境界了,如有余地,那是留给读者去沉吟的。

　　最后一个层次的四句是写遗民的。国土沦陷,遭受苦难最多的当然是被占领区域内的百姓了。由此,他们盼望恢复的愿望最为强烈,为恢复大业而甘愿作出牺牲的决心也最大。这一点,作者五年前在大散关前线是深有体会的。可惜,遗民的这种心愿也处处落空。在诗人看来,中原发生战乱是自古以来就有的事,并没有什么奇怪,但是像现在这样却是少有的。因为金人自金太宗入侵中原灭北宋至今,已经传了四位君主,历时五十余年,得以长期盘踞,繁子衍孙了。遗民们忍受着巨大的痛苦,充满期盼地等待着王师北上,可是朝廷却并无恢复的打算。今夜,又该有多少失望的遗民在伤心地掉下眼泪啊!

《关山月》历来是用以写边地战士的征戍之苦和别离之情的。陆游这首诗也从题意着笔,写了同一关山月之下将军、士兵和遗民三种人不同的境遇和心情。三者都是今夜月下的不眠人,但将军听歌赏舞通宵达旦,士兵和遗民却是长夜待明和泪洒通宵。同一月光之下,前者和后两者的悲欢苦乐是何等不同!作者非常善于选择典型事例(将军、士兵和遗民,歌舞、白发和眼泪,朱门、戍楼和中原),并运用强烈对比的手法来加以描画。诗人借边地的壮士心和中原的遗民泪来表达他对"和戎"政策的谴责和抗议。正是这种"和戎"才造成了这首诗中那些在国家危难时期根本不应该出现的反常现象,从根本上说来,也正是这种"和戎"葬送了恢复事业,造成了包括士兵、遗民和陆游在内的一代爱国者的悲剧。在笼罩着全诗的那片悲凉、忧郁的月光中,士兵和遗民的心情悲切得要催人泪下,而诗人的那种集忧思、愤慨、悲切、同情于一体的浓烈情感也跃然其中,让读者深切感受到它的分量。

【补充说明】

《关山月》写与金和议下南宋放弃抗金作战的令人痛心的事实,同时写成的《战城南》却以热烈并带有幽默的笔调设想出废弃和议后向金人反攻取得胜利的受降场面:"王师出城南,尘头暗城北。五军战马如错绣,出入变化不可测。逆胡欺天负中国,虎狼虽猛那胜德?马前嗫唲争乞降,满地纵横投剑戟。将军驻坡拥黄旗,遣骑传令勿自疑:诏书许汝以不死,股栗何为汗如洗?"汉乐府《战城南》是写边城壮烈战斗的军中乐曲,历来以此为题大都写战败,陆游此诗独写全胜,由此也可以看出他以古诗写时事的独具匠心。

过零丁洋①

文天祥

辛苦遭逢起一经②,干戈寥落四周星③。山河破碎风飘絮,身世浮沉雨打萍。惶恐滩头说惶恐④,零丁洋里叹零丁⑤。人生自古谁无死,留取丹心照汗青⑥!

【注释】

① 零丁洋:一作"伶仃洋",在今广东中山南。 ② 遭逢:遭遇。起一经:依靠精通一种经书考试发迹,出来做官。 ③ 干戈:古代的兵器,此处泛指战争。寥落:荒凉冷落。四周星:四年。岁星(木星)每十二个月绕太阳一周,称为周星,地球每十二个月绕太阳一周,也称为周星,这里取后一义。 ④ 惶恐滩:原名黄公滩,在今江西万安境内的赣江中,是赣江十八滩中最险的一滩。惶恐:惊慌害怕。 ⑤ 零丁:孤苦的样子。 ⑥ 留取:留得。丹心:赤红的心。照汗青:照耀史册。上古无纸时,使用竹简书写,制竹简时,先置于火上烘烤,使竹油渗出如汗,制成的竹简既便于书写,又可以防蛀,这样的加工过程和制成的竹简都可以称为"汗青"。后以汗青指代史册。

【作意】

这首诗是作者过零丁洋的感触,借以表明自己决心为国牺牲的志节。

【作法】

此诗叙事与抒情相结合，首联和颈联四句，从诗人生活中撷取了四个重大事件反映他的一生，具有高度的概括；在这个基础上分别引发出颔联和尾联四句的抒情，感情就显得特别炽烈、深沉而极富于感染力。

【鉴赏】

1278年底，文天祥在广东海丰附近的五坡岭兵败被俘。第二年初，元军统帅张弘范渡海追击由陆秀夫、张世杰护卫逃往孤岛崖山的南宋最后一个皇帝赵昺，强迫文天祥随船前往。张弘范一再逼他写信招降坚持抵抗的张世杰，文天祥断然拒绝，并出示这首过零丁洋时写下的诗以表明自己的态度。张弘范看到诗中词义严正，不得不悻悻地说："好人！好诗！"不敢再相逼。

作者是南宋的状元宰相，又是抗击元军的统帅，战败被絷，自然已经面临生死关头，一生往事，涌上心头，历历在目，诗就是从这里起笔的。起承两句，上句是说明他的出身，下句是写他的军旅生活。宋代科举，专试一部儒家经典。文天祥成绩优异，被宋理宗钦点为状元，这是他政治生涯的起点，皇帝的知遇之恩是他终身难忘的。军旅生活起于1275年以全部家产充作军费起兵勤王，终于1278年底被俘，整整四年。这四年来，虽然激烈的战斗不断，但是总的趋势却是抗元战斗日渐稀疏，结果也愈来愈惨。颔联两句就是这种悲惨结果的描述：祖国的大好河山支离破碎，就像被狂风吹卷着飘散在空中的柳絮，看来已经是无法收拾了。而个人的遭遇呢？行将成为亡国孤臣，恰如漂泊在水面的无根浮萍，在暴雨的击打下颠簸浮沉！作者向以抗元复国为己任，出生入死，历尽艰辛：他曾奉命与元军谈判，被无

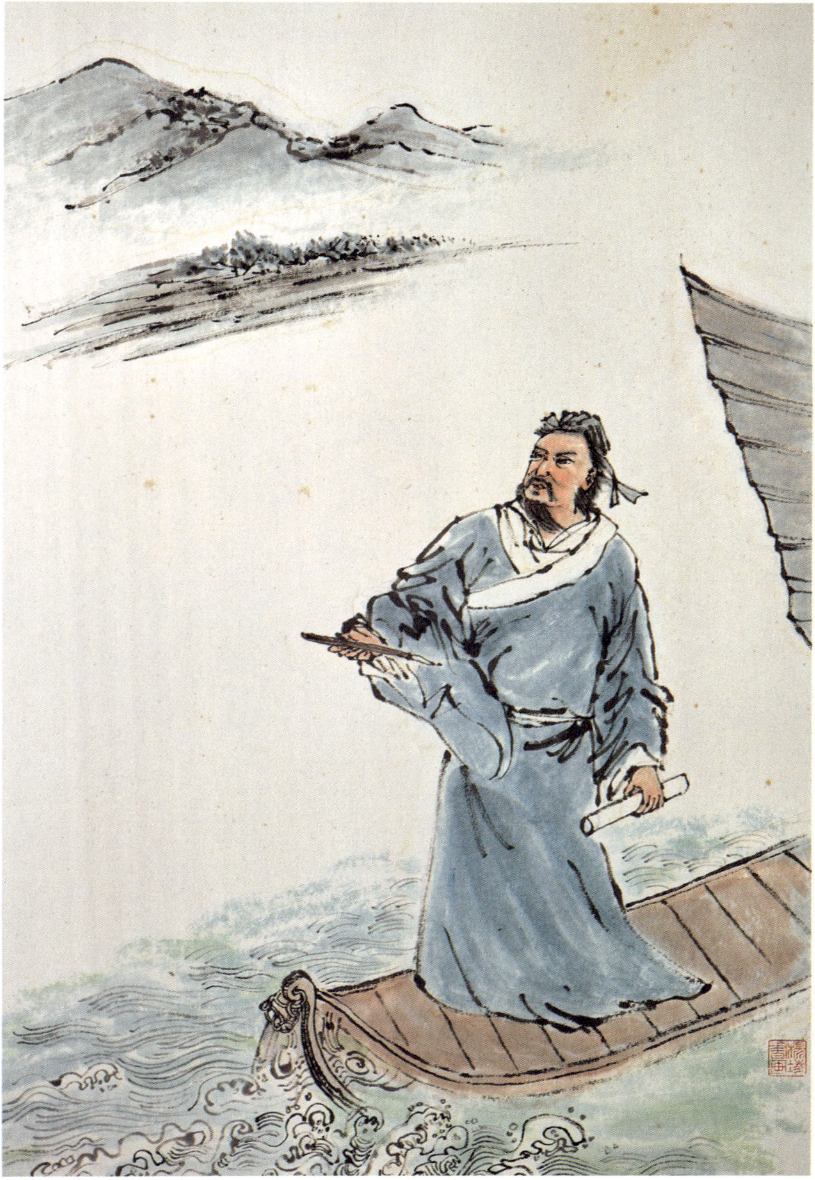

理扣留之后,九死一生才逃回南方,1277年在江西吉水附近的空坑战败,老母亲和妻室儿女或被囚,或丧亡,现在自身也落入魔掌,真是命运多舛!以浮萍比喻身世飘零是古典诗词中较为常用的,但此处的浮"萍"是在"雨打"之下,更显贴切,和上句形成形象生动、感情真挚、对仗工整的一联。诗人目睹国破家亡惨状的万千感触,都在这一联之中了。颈联叙述的又是作者生平中的两件大事:去年空坑惨败,途经惶恐滩向福建撤退,既有兵败之难,又有渡海之险,心情当然是惶恐不安的;而现在成了俘虏,中兴无望,举目无亲,还要被迫去目睹自己为之尽忠的朝廷的覆亡,怎能不感到残生独存的零丁孤寂呢?"惶恐滩"和"零丁洋"这两个带有感情色彩的自然地名恰好相对,又形象地表达了作者在这两件大事临身时的叹惋,是历来被人们赞誉的好对仗。结尾一联,是千古传颂的名句。在此之前的六句,诗人已经通过纵、横两方面的描述和抒发,把家仇国恨渲染到高潮,沉郁悲壮的情绪也到了顶点,至此却激昂高扬,慷慨陈词,表明了自己大义凛然的生死观。正是这不加任何修饰雕琢的两句直抒出胸中的正气,成为全篇的警策,从而也使这首在时间上由远及近、在写实上以点概面、在感情上从沉郁至高扬的诗歌,于抒情叙事结合之中突出了诗人所要表明的心声。

【补充说明】

　　文天祥被俘以后直至被害,凡四年。这一时期的作品与以前的作品大不相同,多不讲究修辞,但感情真挚、沉痛。《南安军》也是他被俘后的作品。元兵把他从广东押往他的家乡江西,所以诗中有"归乡如此归"的感叹:"梅花南北路,风雨湿征衣。出岭同谁出?归乡如此归!山河千古在,城郭一时非。饥死真吾志,梦中行采薇。"

山窗新糊有故朝封事稿阅之有感①

林景熙

偶伴孤云宿岭东,四山欲雪地炉红。何人一纸防秋疏②,却与山窗障北风。

【注释】

① 故朝:宋朝。封事:古代官员上书时的密封奏章。源出于《文心雕龙·奏启》:"自汉置八仪,密奏阴阳,皂囊封板,故曰封事。" ② 防秋:古时,北边敌人往往在秋高马肥时入侵,所以在这时候加强边境守卫叫作"防秋"。疏:大臣写给皇帝的文书,此处与"封事"同义。

【作意】

这首绝句借景抒怀,唱出了诗人心中的亡国痛苦与悲愤心情。

【作法】

这首诗的前半首是写景,后半首是抒情,但又不截然分开:写景中含有情怀的坦露;抒情时又以景、物依托,达到水乳交融的境地。

【鉴赏】

1279 年南宋灭亡,林景熙入元不仕,当了遗民。和汪元量、谢枋得、谢翱、郑思肖等人的诗作一样,他的作品多反映出亡国的痛苦,对南宋统治者妥协投降直至误国的怅恨以及坚决不与敌人合作的操守。这首诗可以看作是代表。

  诗的前两句写景。诗人居住之地是漂泊无定的,但总是远离尘世。时间已是寒冬,大雪纷飞在即。屋里虽然已经有了火红的地炉,但诗人的心境又如何呢?我们可以从"孤云"一词窥探到一些消息。文天祥《金陵驿》有"草合离宫转夕晖,孤云飘泊复何依"句,以"孤云"无依来比喻自己的身世。本诗作者也是如此,"孤云"是自己的影子,正像我行踪不定,彳亍独行的生活一样,凄凉、孤寂是不言而喻的;可是,我宁愿像这孤云遁迹世外,也绝不向新朝统治者屈服。心迹不言自明。

  紧接着借景抒怀的前两句之后,后两句即事言情。因为前句已经交代清楚时值严冬,所以题目中的"山窗新糊"是必然的;正因为有"山窗新糊",所以才发现糊窗纸竟然是一份防秋奏章。防秋奏章被用来当糊窗纸,似乎是偶然发现的一件小事,但在此时此地此情的诗人心中,却不可能不引发出无穷的感慨:防秋奏章已成废纸,正是人世间已经经历了沧桑之变的佐证,故国无存的悲苦心情自然再次涌上心头,更令人深省的是,这样的机密文件现在在荒凉的山居中成了糊窗纸,足以反证当时的不被重视,这就更深一步地让人们想到,亡国惨祸的酿成,一个最重要的原因就是朝廷的当权者们一而再、再而三地妥协退让,置国防于不顾啊!这里的"北风"两字语意双关,除指自然界的寒风外,也暗指来自北方的元朝统治者,元初如郑思肖的"宁可枝头抱香死,不曾吹落北风中"(《画兰》),刘因的"北风初起易水寒,北风再起吹江干。北风三起白雁来,寒气直薄朱崖山。乾坤噫气三百年,一风扫地无留残"(《白雁行》)等句,都可以作参证。防秋奏章当年不能见用于朝廷,现在的"障北风"岂不更是空谈?"何人"一句设问,"却与"一句淡淡作答,平静中包含了多少难以平静的感慨啊!

【补充说明】

　　宋遗民诗中,对当权者误国的愤怒是一个重要内容。汪元量《醉歌十首》之五:"乱点连声杀六更,荧荧庭燎待天明。侍臣已写归降表,臣妾佥名谢道清",就对在决战关头向侵略者屈膝投降的当权者作了无情的揭露。汪诗是直言斥责,而上述林诗则是含蓄不露,使全诗显得悲怆深沉,余音不穷。

可使翠华周宇县
谁持白羽静风尘
　　——忧　思

伤 春

陈与义

庙堂无策可平戎①,坐使甘泉照夕烽②。初怪上都闻战马③,岂知穷海看飞龙④。孤臣霜发三千丈⑤,每岁烟花一万重⑥。稍喜长沙向延阁⑦,疲兵敢犯犬羊锋⑧。

【注释】

① 庙堂:宗庙明堂。古代帝王遇大事,需告于宗庙,议于明堂,所以也以庙堂指朝廷。平戎:击败外部入侵的异族军队。戎是古代汉族人对西北少数民族的通称,这里指金国。　② 坐使:致使、遂使,含有"听任"的意思。甘泉:代指皇帝的宫殿。《汉书·匈奴传》:"胡骑入代句注边,烽火通于甘泉、长安。"汉朝皇帝的行宫在甘泉山(在今陕西淳化县境内),离长安两百里,接近匈奴边境,敌情紧急时放起烽火。烽:烽火。古代边境有警,点起烟火作为信号,称烽火。　③ 上都:京城,班固《西都赋》有"作我上都"句,此处指北宋京城汴梁。　④ 穷海:僻远的海。语出《后汉书·耿恭传》:"感其茹毛穷身,不为大汉羞。"飞龙:帝王。《易·乾》有"九五,飞龙在天,利见大人"。此处指南宋高宗赵构。　⑤ 孤臣:远离皇帝的臣子,这是作者的自指。霜发:白头发。　⑥ 烟花:春天盛开的百花。此处指故都的春景。　⑦ 向延阁:向子諲,字伯共,曾为秘阁直学士。延阁

是汉代皇家藏书处,诗人用这一名称来称呼他。当时他知潭州(州治在今湖南长沙),组织军民抵抗金兵。　⑧ 疲兵:疲乏的军队。犯:出击,阻挡。犬羊锋:金兵的锐气。

【作意】

　　这是一首伤春诗,实质上却在感伤时势,表现出作者爱国主义的思想感情。

【作法】

　　诗的前四句一气贯注,写出局势的日益严重。第五、六句抒发自己的无限感慨。最后两句转出一意,称赞英勇抗敌的爱国将士。全诗雄浑沉挚,词句明净,音调洪亮,具有杜甫的风格。

【鉴赏】

　　建炎三年(1129),金兵大举过江,攻下建康(今江苏南京),十二月,入临安(今浙江杭州)。第二年又攻破明州,迫使宋高宗乘船逃入海上。陈与义当时正流落到湖南境内邵阳,居紫阳山,对着明媚春光,深感国势危急,伤时感事。杜甫曾有《伤春五首》,对吐蕃攻陷长安、代宗出走、深表忧愤。南宋这时面临类似局面,作者便以《伤春》为题,写下了这首诗。

　　诗的首二句便毫不留情地把国家危难的责任归在朝廷当权者身上。朝廷中没有谁能拿出抵抗外族入侵的有效办法,因而使得敌兵长驱直入,报警的烽火在夜间把皇帝的行宫也照红了。上年十月,金完颜宗弼(兀术)分兵两路渡江南侵,一路入江西,一路入江东,长驱直入,几乎未遇抵抗。刘光世守江州,金兵渡江三日尚不知;杜充守建康,竟向兀术迎降。兀术自广德趋临安,过防守临安的门户独松关,见无兵驻守,不胜惊讶:"南朝若以羸兵数百守此,吾岂能遽度哉!"宋代并无甘泉宫,诗人在这里用了一个典故。汉文帝时,匈奴入侵,甘泉宫都能望见烽火。宋王朝此时的形势远较汉文帝时严重,用此典比喻金兵逼近京都非常贴切,毫无夸张之感。诗人此时也许想起了唐代的王忠嗣,他节度朔方,曾上平戎十八策,斩米施可汗,使敌人不敢近塞。现在,到哪里去寻找这样的良将呢?

"初怪上都闻战马,岂知穷海看飞龙"两句,语气非常沉痛。上都是指北宋都城汴京。靖康元年(1126)金兵攻破汴京,北宋灭亡。此事过去才四年,"初怪",意思是正在惊怪。大家正为堂堂大宋的国都被敌军占领而感到惊奇。"闻战马"是国都沦陷的含蓄说法,亡国之痛不忍直言。"岂知",意为如何料得到,此句说哪里料得到没出几年皇帝也逃亡到僻远的海里去了。高宗为金人所迫,从越州逃到明州,再从明州逃入海。金人以舟师追逐三百余里。建炎四年(1130)的大年初一,赵构就是在逃难的海船上度过的。局势恶化速度大大超出人们的预想。而这种局面的造成,高宗是难逃其责的。这也和首句的"庙堂无策"的含寓相呼应。

第五、六句点了题,但这又不是一般对于春天的伤感。"孤臣"指诗人自己,他远离朝廷,避难远方,当然可称"孤臣"。然而,诗人以"孤臣"自称,又有与"无策"的"庙堂"相区别的意思。身居高位的人一味妥协逃窜,而流落四方的忠义之士却为国家忧得头发也白了。"白发三千丈"是李白《秋浦歌》中的诗句,为对仗的工整,陈与义将"白发"改为"霜发"。"烟花一万重"是杜甫《伤春》中的诗句,它的全联是"关塞三千里,烟花一万重"。其时杜甫避难在四川,远离都城。故都的春景对他来说真是隔着万重障碍,根本看不见。这首诗表达了杜甫深切的忧国之心,这种心情和身居湖南的陈与义很相近,离开汴京已经多年,故都的春景可想而不可见。这两句嵌用前人名句,不仅包含原有句义,而且有新的内容和情趣。

结尾两句转而赞扬抵抗外敌的英勇将士,他们正是伤春之后新的希望。局势虽糟,但尚有节义之士和不屈的军民。建炎三年(1129)二月,金兵攻潭州,知州向子諲是李纲的政友,为南宋主战派的一员。他组织军民顽强抵抗。"犬羊锋"语本刘琨《劝进表》:"逆胡刘曜,纵逸西都,敢肆犬羊,陵虐天邑。"李善注引《汉名臣奏》:"太尉应劭等议,以为鲜卑隔在漠北,犬羊为群。"这里因以称金兵,表示诗人的蔑视。"稍喜"说明这是今年春天种种令人不快的坏消息中唯一使作者告慰的事。其实,三月间金兵北还,韩世忠在黄天荡阻击兀术获胜,为南渡初十大战功之一,其时远在湖南的陈与义还未及知道。从实力讲,向子諲的长沙军兵根本不是金兵的对手,称为"疲兵"再恰当不过;然而正是这支疲兵,在坚决抗战的向子諲领导下,居然也能出击强敌,足见士气尚存,民气可用。诗人希望以此事来激励人们的抗敌热情。

【补充说明】

陈与义的诗学杜甫,起先只以为杜甫"风雅可师"。经过北宋末南宋初的大战乱,他也亲身体验了颠沛流离的生活,接触到了社会现实,这才真正体会到杜甫诗的精髓。他在《正月十二日自房州城遇虏至》一诗中说"但恨平生意,轻了少陵诗",对自己以前没能深刻领会杜诗悔恨不已。自此之后,他的诗风大变。特别是后期诗歌,深得杜诗的某些神韵。杨万里曾经评论他"诗宗已上少陵坛"(《诚斋集·跋陈简斋奏章》),实是确见。

次韵尹潜《感怀》①

陈与义

胡儿又看绕淮春②,叹息犹为国有人③。可使翠华周宇县④,谁持白羽静风尘⑤?五年天地无穷事⑥,万里江湖见在身⑦。共说金陵龙虎气,放臣迷路感烟津⑧。

【注释】

① 尹潜:周莘的字。他曾为岳州决曹掾,苦思为诗,为陈与义等所赞赏。　② 绕淮春:淮河周围的春天。　③ 叹息:此处指尹潜诗中的感怀。　④ 翠华:皇帝车驾上的装饰,此处指皇帝。周:环绕。宇县:天下、中国。"宇"即籀文"寓"字。谢朓《和伏武昌登孙权故城诗》有"霸功兴寓县"句。　⑤ 白羽:三国时蜀相诸葛亮常手持白羽扇指挥军队,此处借指可以抗金的将领;一说"白羽"为箭名。静:扫荡,平定。风尘:战马扬起的飞尘,指战事。　⑥ 天地无穷事:世间剧烈频繁的变乱。　⑦ 见在身:见,同"现";此处指现时存在的躯体。　⑧ 放臣:被放逐的臣子,此处自指。津:渡口。

【作意】

这是一首政治抒情诗。作者亲身经历了外患内乱的巨大事变,深深地为国家与民族的命运担忧。忧国忧民的爱国情怀的抒发和吟唱是此诗的主旋律。

【作法】

本诗首联交代时间,点明题意,称赞了周莘;以下各联自抒所感:颔联叹息无人主持抗金,颈联感慨自己无从为国效力,尾联则斥责了主张逃跑的权贵们意欲定都金陵的谬论。

【鉴赏】

高宗建炎元年(1127)冬至建炎二年(1128)春,金兵三路南下,宋高宗逃至扬州。建炎二年(1128)冬至建炎三年(1129)春,金兵再次南侵。是年正月,韩世忠的军队在沭阳战败。金兵乘势取彭城(今江苏铜山),逼泗州(今安徽泗县);二月,犯楚州(今江苏淮安),渡长江,至瓜洲(今江苏长江北岸、扬州以南)。在这一军事失利的时期,高宗从扬州奔镇江,经常州、吴江、秀州、崇德等地,最后到达杭州,这首诗就作于这一年的四月。

首联上句交代时间背景,讲的就是上文所述金兵攻陷淮河流域诸地的事。淮河一带已是初春时节,一片美好的景色了,可是,金兵又来"欣赏"这种春色了。"又"字是说明上一年春天金兵已经侵扰过这一地区。下句点明了诗题中的次韵感怀。周莘是作者相契的诗友,想来也是政治观点完全一致的同道,所以这一句回答了周莘诗中的感叹:你肯为国家叹息,可见国家里还有爱国的人。"犹为国有人"语出西汉贾谊的《治安策》:"犹为国有人乎?"作者直接用此语入诗,除了对周莘的称赞外,也含有相当大的激愤:这么大的国家,到了总算还有爱国的人的地步,实在要让我扼腕叹息了!

颔联是对第二句感叹的延伸和深入:岂可使皇帝到处流亡奔波?有谁可以来主持抗金军事,扫平敌人呢?"周宇县"原意是走遍全国,这里借用来形容皇帝的逃奔各地。"白羽"在此处以诸葛亮之喻借指可以抵抗金兵的将领。《太平御览》引裴启《语林》的记载："与宣王（司马懿）在渭滨将战，武侯乘素舆，葛巾，白羽扇，指挥三军。"可见胸有成竹，指挥若定。现在有什么人可以像诸葛武侯那样平息战争呢？事实上，高宗赵构正是造成这种现状的主要负责者。他在商丘不敢还都开封，却跑到扬州，又从扬州渡江南逃。金兵是在知道他弃扬州南奔之后才大举进兵的。靖康之变以后，中原地区和大江南北，抗金的义军纷起，宋朝将领中也不乏抗金志士，但最高当权者却望风逃命，根本不积极筹划抗金军事。"可使翠华周宇县"的首先正是高宗自己。"可使"就是"岂可使"，作者在这一联中连用两个反诘句，问得委婉沉痛，也问得激越有力。上句饱蕴悲痛和长叹，下句则在表示了深切忧虑的同时，也对具有爱国心的将士寄予了希望。

颈联深叹五年来国家多故，自己未能为国效力。"五年"指徽宗宣和七年（1125）金兵进犯到现在这段时间。在这五年里，汴京陷落，徽钦二帝被掳北去；建炎三年（1129）三月，又有统制官苗傅、刘正彦在杭州兵变，杀都统制王渊及宦官康履，逼高宗禅位，由隆祐太后抱三岁皇子垂帘听政。国家蒙受了空前的屈辱，百姓遭受到无穷的灾难。这种"无穷事"真是天翻地覆，剧烈频繁，说不尽也道不完啊！诗人自己则在1126年避难南逃，从河南一直逃到湖南，在襄、汉、湖、湘转徙流离，漂泊无定。上句用"无穷事"形容变化之巨，下句用"万里江湖"形容流离地域之广，国家的不幸和个人的不幸，在这两句里是概括得很简约而又很深重的。但作者并不只是独自垂泪悲叹，他虽处偏野（此时正差知鄂州——今湖北钟祥），却心怀天下，他叹息说：国事日非，我却逍遥江湖，无法为国家出力啊！"见在身"是一个爱国者当国家用人之际而自己却成为闲置人员的悲愤心情的表白，是反语。诗人既有国难之忧，又有家难之愁，心情自然是可以想见的。

尾联是论及对定都问题的态度。自古以来，金陵被认为是适合于建都的地方。《史记·项羽本纪》载:"范增说项羽曰:……吾令人望其气,皆为龙虎,成五采,此天子气也。"《太平寰宇记》载:"孔明谓吴帝曰:钟山龙蟠,石城虎踞,真帝王都也。"但建炎初年的定都问题却并不这么简单。南渡之初,汪伯彦、黄潜善力主高宗行幸东南,卫尉少卿卫肤敏等附和其说,主张定都金陵,在当时的形势下,这实际上是为逃跑作掩饰。主张抗战的一派则坚请高宗还都汴京,宗泽曾为此上疏二十多次,祠部员外郎喻汝砺的意见最具代表性:"汴都天下根本,舍汴都而都金陵,是一举而掷中州之地以资于敌矣!"这时的定都之争和南宋王朝定都临安之后的建都之争是不同的,以后建都金陵之议,是抗战派针对妥协派苟安方针提出的积极主张。前后形势不同,意义也自别。"共说金陵龙虎气"是指妥协派的一片喧闹,"放臣迷路感烟津"则是上句"见在身"感叹的进一步发挥。作者自宣和六年(1124)谪监陈留酒税,此时尚未起用,所以自称"放臣"。烟迷津渡比喻国事模糊,是非也在混淆之中;诗人要想为国出力,但不知道出路何在。这样的感叹是非常沉痛的,忧国之情和爱国之心,真要让他愁肠百结而不得解脱了。

【补充说明】

在北宋南宋之交,陈与义可算是最杰出的诗人了。他的古体诗主要受黄庭坚、陈师道的影响,近体诗则往往从黄、陈的风格过渡到杜甫的风格。刘克庄在《后村诗话》中评论说:"元祐后诗人叠起,……要之不出苏、黄二体而已。及简斋(陈与义号)出,始以老杜为师。……造次不忘忧爱,以简洁扫繁缛,以雄浑代尖巧。第其品格,故当在诸家之上。"这里说的是现象,究其原因,诗人在经历了国破家亡和流离颠沛之后,忧思与爱国之情使他的作品有了慷慨雄阔的风格,与前期诗作迥异。

冶　城①

刘克庄

断镞遗枪不可求②,西风古意满原头。孙刘数子如春梦③,王谢千年有旧游④。高塔不知何代作,暮笳似说昔人愁⑤。神州只在阑干北,度度来时怕上楼⑥。

【注释】

① 冶城:本是春秋战国时吴国冶炼铁器的地方,故称冶城。故址在今江苏南京秦淮区。　② 镞:箭头。　③ 孙刘:孙权和刘备。　④ 王谢:王羲之和谢安,东晋时著名的政治家。　⑤ 笳:胡笳,中国北方少数民族的一种乐器,类似笛子。　⑥ 度度:犹次次、回回。

【作意】

这是作者游冶城时的纪游诗。全诗以怀古为中心,寄托了作者伤今的忧国忧民的深重感情。

【作法】

首联以介绍冶城的环境与氛围起笔;颔联观今而怀古,联想到与冶城有关的历史事件和人物;颈联由思古再转入观今,产生联想,借此引入尾联的忧伤感怀。全诗时空交织纵横,具有一种恢宏而又深沉的气势。

【鉴赏】

　　作为历史遗迹,冶城是会受到后代人们的注意和欣赏的,因为它既是春秋战国时吴国冶炼锻造兵器之处,又历来是南北作战时兵家必争之地。好发思古幽情的文人骚客们莅临此地,忆昔抚今,哪个不生出几分感慨?但是,刘克庄的这首《冶城》却似乎思古中迸发着愤激,感慨中饱蕴有神伤,原因何在呢?

　　首二句直解题意:虽然冶城是古代冶铸兵器的地方,但是我今天到此,要想找到一些诸如断枪残箭的历史遗物已经不可能了;整个原野一望无际,只有肃杀的秋风一阵阵地吹过。这两句既描写了冶城遗址的环境与氛围,又隐隐约约衬托了作者的心境。即使可以找到一些"断镞遗枪",那也只能告诉我们,这个荒凉的地方曾有过光荣兴盛的过去,它早已成为历史了。何况"断镞遗枪"尚且"不可求",历史该多么久远!时光无情,是任何人都无可奈何的啊!萧瑟的西风拂过诗人的颜面,他的心绪是纷乱而又复杂的:俱往矣,剩下的只有我综观史事引起的兴奋与悲凉;"断镞遗枪"虽不可求,但当年锻造兵器杀敌人、卫国土的精神还是会引发人的英雄气概,鼓舞人们的斗争意志。"西风"能触而"古意"只可度,应该说,"古意"的内涵本身就是纷繁的。

　　"古意"拓深,引向三、四两句的忆昔。冶城在三国时期是孙权的领地,刘备为了联孙抗曹,曾经到这里和孙权相会,共商军事大计,终于在赤壁之战中打了大胜仗。东晋时期政治家王羲之和谢安曾一起到冶城故址游玩。谢安主持东晋的抗敌军事,在淝水之战中以弱胜强,打败了南侵的苻坚。诗人今天踏着他们的足迹游览此地,对他们进行追念，并不是因为他们曾在此地作游而为冶城增添了什么格外的光彩，而是他们在保民卫土的事业中有过辉煌的功绩。时光如流水，如今这些英雄们的豪壮气概和勋功伟业，犹如一场春梦，全都成为过去；"旧时王谢堂前燕，飞入寻常百姓家"，唐诗人刘禹锡《乌衣巷》诗中的名句，此刻也一定会涌上作者的心头，化作无限感叹吧！

因为是这种情调的怀古，所以由此引发的五、六两句联想也是沉重的。"塔""高"可以登临远望，所生的悠思遐想自当漫无边际；但是高塔已经"不知何代作"，这就加重、加深了它的历史感，使得在高塔上所生的遐想变得更加凝重。如果说，"高塔不知何代作"从句面上来看还只是写了眼前所见的话，那么，"暮笳似说昔人愁"则融情入景，含意深微了。笳声本来就富悲凉，而在暮色凝重的傍晚声声响鸣，那种悠远、萦回的气韵是可以想见的。至于暮笳为什么要"似说昔人愁"？含意恐怕也是多重的：联系前四句的内容来说，英雄已经作古，功业已经灰飞烟灭，只剩下感慨悲凉无穷；而结合下两句的内容来看，则是说今人已忘却国破的耻辱，安安心心地做偏安小朝廷的皇帝和臣民，也就没有什么"愁"可言了，那些曾经为保卫国土而英勇战斗过的"昔人"，如果看到今天这种国土沦陷、恢复无期的局面，毫无疑问是要借助悲凉的笳声抒发自己的不尽愁思吧？

最后两句以诗人的忧伤感怀作结。"神州只在阑干北，度度来时怕上楼"：每一次来游冶城，都不敢上楼远望。因为一上楼，就可以看到栏杆以北已经为金人所占领的祖国锦绣河山正遭受敌蹄的蹂躏。这里，已经不是什么"似说昔人愁"，而是实实在在的今人愁了。"怕上楼"的"怕"字用得描形绘影，如闻其声，如见其人。诗人对祖国、人民的热爱，面对现实而产生的那种惆怅、沉痛和茫然，在"怕上楼"三个字中体现得含蓄而饱满。表述纡徐婉转，语意沉郁闳深，使作者在怀古基础上的伤今达到了极致。

【补充说明】

　　刘克庄的作品继承了陆游、辛弃疾的爱国主义传统及其豪放的风格,这是他的诗词成功的重要原因。《贺新郎·送陈真州子华》是他的代表词作,全词议论风发,纵横恣肆,用典贴切,和本书所选的几首诗一样,体现抚时感事的特点:"北望神州路,试平章、这场公事,怎生分付?记得太行山百万,曾入宗爷驾驭。今把作,握蛇骑虎。君去东京豪杰喜,想投戈下拜真吾父。谈笑里,定齐鲁。　　两河萧瑟惟狐兔,问当年,祖生去后,有人来否?多少新亭挥泪客,谁梦中原块土?算事业须由人做。应笑书生心胆怯,向车中,闭置如新妇。空目送,塞鸿去。"

从今别却江南路
化作啼鹃带血归
　　——沉　痛

示 儿

陆 游

死去元知万事空①,但悲不见九州同②。王师北定中原日③,家祭无忘告乃翁④。

【注释】

① 元:同"原"。 ② 九州:泛指中国的领土。同:统一。 ③ 王师:指南宋的军队。 ④ 乃翁:你的父亲。此处是陆游自指。

【作意】

这是诗人的绝笔诗。以遗嘱的形式表达了自己一生期冀北定中原,收复失地的宏伟抱负。

【作法】

全诗短短四句,语言朴素,不作任何雕饰,却让读者从中感受到真挚与沉重。

【鉴赏】

这首诗作者作于南宋宁宗嘉定二年(1209)农历十二月二十九日(已是1210年)临终前,时年八十五岁。临终作诗,不说别的家常话,而只说"不见九州同"的遗恨,诗人心中那股强烈的爱国之情跃然纸上。

人死不能复生，人世间的一切皆成虚空，这是尽人皆知的道理，所以诗人说"元知"。但他回首往事：生于北宋覆亡前夕，一生都在强敌压境，朝廷偏安的环境中生活；自己自许"管、葛奇才"，满含爱国之情、报国之志、念念不忘收复中原失地，却从来得不到施展才能与抱负的机会，最后只能老死在家乡。这是何等悲哀啊！虽然现在一切都可以抛开，却有最大的遗憾——没有见到失地收复，国家统一——郁结在心头，难以排遣。一个"但"字，转折得相当自然："元知万事空"显得轻松、平淡，"但"字之后的"悲"——"不见九州同"，不仅一扫这种轻松和平淡，而且也正因为这种轻松和平淡，把"悲"反衬得更加痛苦、深重。

如果仅仅是为"悲"而言"悲"，那就不是陆游了。虽然一生不得志，宏伟志愿成为泡影，但诗人的爱国热情却从来不曾因此而稍减些许，他对恢复中原、统一全国的信念也始终强烈而执着。在这里，他把自己的毕生心愿托付给儿子，希望能从家祭中听到"北定中原"的捷报，这该是分量多重的嘱托！又是多么不渝的信念和期待！南宋抗金名将宗泽临终不忘渡过黄河，收复北方，"连呼过河者三"，后人曾以《示儿》诗与之相比。如徐伯龄称赞此诗："较之宗泽三呼渡河之心，何以异哉！"褚人获说："《示儿》一绝，有三呼渡河之意。"陆游的这种心情，在其他诗里早已有表现，如"死至人所同，此理何待评？但有一可恨，不见复两京"（《夜闻落叶》）。但作为遗嘱见之于诗，实在足以传诵千古。

【补充说明】

宋末诗人林景熙在《题陆放翁诗卷后》中这样写道："青山一发

愁蒙蒙,干戈已满天南东。来孙却见九州同,家祭如何告乃翁?"当时元军正向东南,准备最后消灭南宋王朝。诗人掩上陆游的诗卷,心中思绪真是何止万千:你的后代子孙虽然见到了国家的统一,但却是在元朝统治下的统一;当家祭之日,他们又如何告禀呢?

金陵驿①

文天祥

草合离宫转夕晖②,孤云飘泊复何依③。山河风景元无异,城郭人民半已非④。满地芦花和我老⑤,旧家燕子傍谁飞⑥?从今别却江南路⑦,化作啼鹃带血归⑧。

【注释】
① 金陵:今江苏南京。驿:古代官办的邮站,供传送公文者和官吏歇息。　② 草合:草茂盛而相交合。离宫:行宫,帝王出巡时休息的地方。转夕晖:夕阳光返照。　③ 孤云:作者的自喻。复:又。④ 非:不同。　⑤ 和我老:同我一起衰老。　⑥ 傍:依托。　⑦ 别却:离开。　⑧ 化作:变成。

【作意】
这首诗是文天祥被俘后,次年押赴大都北京,途经金陵时所作。原诗一组两首,此为之一,表现了诗人的亡国之痛。

【作法】
和《过零丁洋》边叙事边抒情,抒情叙事相结合的写法不同,这首《金陵驿》则采取了情景交融的手法,同时,多处借用典故配合冷落凄凉的景物描写,以寄托自己的情感。

【鉴赏】

　　金陵是六朝故都，又曾是宋朝的陪都，南宋高宗在此建有行宫，当年繁华的景象和恢宏的气派可以想见。可是，1279年6月中旬到达而8月下旬即将离开这里的文天祥，却是作为南宋的亡国旧臣、元军的俘虏路过此地。在初秋的萧瑟西风中，作者眼前是被一大片荒草簇拥着的破败建筑，荒烟夕照之中，显得格外清冷、凄凉。这就是当年金碧辉煌的君王行宫吗？仰天长叹，摄入眼帘的是漂浮无依的孤云，又有什么地方能是你这孤云的归宿呢？故国遗迹使得诗人久久凝望，低首徘徊，苦苦依恋。这两句从写实入笔，却立即烘托出悲凉的气氛。唐代诗人李白有"西风残照，汉家陵阙"句，意境与此相似，但李白是悼古，而作者却是在伤今，因为他觉得自己就是那无依的孤云啊！

　　颔联两句，是作者面对现实发出的感慨。这里包含两个典故：《世说新语》记载，西晋灭亡后，一些从北方逃到江南的士大夫经常在建康（即金陵）的新亭聚会，一次席间，周颛叹息说："风景不殊，正自有山河之异（景色没有不同，只是江山已经变迁了）！"在座者都相视流泪。丞相王导愀然作色说："大家应当齐心协力，效忠朝廷，收复中原失地，为什么要像囚徒那样彼此相对呢！""山河风景元无异"就是从周颛的叹息变化而来。"城郭人民半已非"句出自《搜神后记》丁令威化鹤的故事。丁令威外出学道，化为仙鹤归来，徘徊于空中唱道："有鸟有鸟丁令威，去家千岁今始归，城郭如故人民非，何不学仙冢累累！"然后冲天飞去。虽然古都金陵的山河景色依旧，但是沦陷四年，不要说人民死伤离别，就是城郭也都颓坏残缺、面目全非了，和古人离家千年而城郭如故相比较，岂不是天壤之别？在这种情况下的风景无异，不是更让人觉得伤心之至吗？家国沧桑，世事全非的感受，在诗人的笔下并不就此而止,却在下两句中得到了加强:草木入秋而转衰,满地那芦荻开放着的白花,也如四十四岁的我头上的白发一样,映现出心中无穷的愁苦;而那在空中飞来飞去的燕子,在人间劫难之后,再也不会找到旧主人,你们又将飞到哪里去呢?后一句化合了杜甫的"故巢倘未毁,会傍主人飞"和刘禹锡的"旧时王谢堂前燕,飞入寻常百姓家"的诗意,以候鸟燕子自喻,用旧巢已毁,复傍谁飞来进一步表达了亡国之痛的感情。

行期在即,从金陵渡过长江,便要离开诗人长期生活、战斗的江南故土了。此次离别,绝不可能生还,再也不会走在江南的土地上,可是,我的魂魄会变成怀乡的杜鹃鸟,声声啼血,飞回我魂牵梦萦的故土的。"啼鹃"典出于《华阳志·蜀志》:周末蜀王杜宇,号望帝,死后魂魄化为杜鹃鸟,啼声哀切,直至口中流血方止。后人遂以此典表示对故乡故国的思念。正是这结尾两句,把全诗那种哀婉、凄厉、深沉、悲壮的意境推向极致,在柔情如水的词句中表达了对故土的依恋,对旧国的追怀,以及自己决心舍生取义、以死报国的情怀。

【补充说明】

文天祥的诗很著名,但世人对他的词了解得就不多了。与《金陵驿》同时,还有一首《酹江月·和友驿中言别》,是依苏轼《念奴娇·赤壁怀古》词韵,与他的同乡、同患难者邓剡言别:"乾坤能大,算蛟龙元不是池中物。风雨牢愁无着处,那更寒蛩四壁。横槊题诗。登楼作赋,万事空中雪。江流如此,方来还有英杰。 堪笑一叶飘零,重来淮水,正凉风新发。镜里朱颜都变尽,只有丹心难灭。去去龙沙,江山回首,一线青如发。故人应念,杜鹃枝上残月。"诗直而词曲,其用心实同。

湖 州 歌

汪元量

青天淡淡月荒荒①,两岸淮田尽战场。②宫女不眠开眼坐,更听人唱《哭襄阳》③。

【注释】

① 淡淡:非常惨淡的样子。荒荒:十分空旷、荒寒的样子。 ② 淮田:淮河流域的田地。尽:都。 ③《哭襄阳》:民间流传的歌曲名,以痛惜襄阳失守为主题。

【作意】

这是一首悲怆诗,表现了亡国后的悲痛和苍凉。

【作法】

前两句写景;第三句通过写宫女,由景入情;最后一句点出主题。全诗简洁明朗,却不乏思想深度,情景气氛渲染得很成功,感情真挚动人。

【鉴赏】

1276年春,元兵包围南宋京城临安(今浙江杭州),南宋君臣投降。元军将宋恭帝赵㬎和太后等俘虏北上。汪元量是宫廷琴师,也在俘虏之中随同北行,途中写下抒发亡国之痛的七绝组诗《湖州歌》,

共九十八首。《湖州歌》记录了宋帝降元,被掳北上的实况,向有"诗史"之誉。这是其中第三十八首。

诗的首句写行程中所见到的天空。俘虏们乘坐的船日夜兼程,沿着运河北上。作者从船上仰望夜空,青天、明月和往日并没有什么两样,但是,此时诗人的心情是那样沉痛悲哀,因而觉得这天色青得惨淡,这月色白得荒寒。"淡淡""荒荒"叠字连用,加强了凄凉的气氛。次句写运河两岸的景象。诗人用"尽战场"三字简洁明了地勾勒出淮河流域发生的巨大变化。原来长满庄稼的广大农田,经过元军的蹂躏,已是荒芜一片。士兵军马的践踏毁坏了庄稼,血流成河,尸横遍野,到处是劫后惨象。南宋百姓在战争中遭受到巨大灾难,诗人的心头在流泪,为这片曾经繁荣富庶的土地,也为在这片土地上生活的人民。

写了天写了地,诗人把眼光收回,继续写船中的情景。一位怎么也睡不着的宫女默默地坐在船上。接二连三的变故,在她心头激起巨大的波澜。她不能再像过去那样平静快乐地生活下去了,等待她的将是什么可怕的噩运?她睁着两眼,或许像诗人一样看着青天寒月,看着战后的田野,独自悲伤;或许看着那些全副武装凶神恶煞似的元兵,暗自担心。诗人没有进一步去发掘宫女的内心思想感情和不幸身世,仅用淡笔素描出这样一位"不眠开眼坐"的宫女,但是读者已很容易感受到在这种环境下亡国之民的心境了。接着,诗人笔锋一转去写从船外传来的歌声——原来那是痛惜襄阳失守的《哭襄阳》!襄阳是南宋当时能长期抵挡住元兵的唯一据点,在某种程度上已成为南宋人民抗击元军的希望。襄阳军民苦守六七年之久,而宰相贾似道始终坐视不救。结果襄阳失守,元军得以长驱直入,直逼临安。老百姓对此事感到无限的痛心,因而民间很快流传开了《哭襄阳》这首歌。诗人借听到这首歌点出他们这场被掳北上悲剧的直接原因,通过这首歌表达自己满腔的悲愤。矛头所向,既是对残暴的侵略者,也是对腐败无能的南宋当权者,同时又暗示出南宋人民不甘亡国的倔强态度,这或许又是诗人觉得可以寄予希望之处。

【补充说明】

对襄阳失守,汪元量深悉内情,愤慨万分。他在《醉歌》第一首中写道:"吕将军在守襄阳,十载襄阳铁脊梁。望断援兵无信息,声声骂杀贾平章。""吕将军"指曾经坚守襄阳六年之久最后投降的吕文焕,他投降之后的所作所为为世所不齿,遗臭万年。诗人在这里看得更深的则是朝廷的腐败,是该"声声骂杀"的祸国贼贾似道之流。

不识庐山真面目
只缘身在此山中
　　——沉　思

对　雪

王禹偁

帝乡岁云暮①,衡门昼长闭②。五日免常参③,三馆无公事④。读书夜卧迟,多成日高睡。睡起毛骨寒,窗牖琼花坠⑤。披衣出户看,飘飘满天地。岂敢患贫居?聊将贺丰岁。月俸虽无余,晨炊且相继。薪刍未阙供⑥,酒肴亦能备。数杯奉亲老,一酌均兄弟,妻子不饥寒,相聚歌时瑞⑦。因思河朔民⑧,输挽供边鄙⑨:车辆重十斛,路遥数百里,羸蹄冻不行⑩,死辙冰难曳⑪,夜来何处宿?阒寂荒陂里⑫。又思边塞兵,荷戈御胡骑,城上卓旌旗⑬,楼中望烽燧⑭,弓劲添气力⑮,甲寒侵骨髓,今日何处行?牢落穷沙际⑯。自念亦何人,偷安得如是!深为苍生蠹⑰,仍尸谏官位⑱。謇谔无一言⑲,岂得为直士?褒贬无一词,岂得为良史?不耕一亩田,不持一只矢⑳。多惭富人术㉑,且乏安边议㉒。空作对雪吟,勤勤谢知己㉓。

【注释】

①帝乡:指北宋的首都汴京。云:语词,无实义。　②衡门:栅栏,一种用横木做的简陋的门,引申为简陋的住宅。　③常参:有些

位置比较高的官要时常到朝廷上去参见,称为常参官。　④ 三馆:昭文馆、史馆、集贤院的总称,此处用作官府的代称。　⑤ 琼花:指雪花。　⑥ 刍:喂牲口的草。　⑦ 时瑞:指下雪。古人认为雪兆丰年,及时下雪算是一种祥瑞。　⑧ 河朔:黄河以北。　⑨ 输挽:牵着车子输送给养。边鄙:边疆,靠近边境之处。　⑩ 羸蹄:瘦马。　⑪ 曳:拖,拉。　⑫ 阒:寂静。　⑬ 卓:植立。　⑭ 烽燧:边境上报警的烽火。　⑮ 弓劲:弓太硬的意思。　⑯ 牢落:孤寂。　⑰ 苍生:老百姓。蠹:祸害。　⑱ 尸位:只居官位不做事。　⑲ 謇谔:正直的话。　⑳ 矢:箭。　㉑ 富人术:使人民生活富裕的办法。　㉒ 安边议:平定外患的计划。　㉓ 勤勤:热忱的期望。此句相当于"谢知己(之)勤勤"。

【作意】

　　这是一首咏雪抒情诗。作者以降雪起笔,思及兵役劳役之苦,继而自责,表现出由于政治不够开明而不能尽谏官之责的苦闷心情。

【作法】

　　全诗共五十句,分为五个层次。第一层次描写岁末值雪,第二层次描写在雪天与家人团聚的闲适生活,第三层次描写黄河以北百姓的劳役之苦,第四层次描写边塞的兵役之苦,第五层次是作者的自责。全诗语言平易,流畅自然,在对比的基础上抒发感想,有说服力也有感染力。

【鉴赏】

　　太宗端拱元年(988),王禹偁在汴京担任右拾遗直史馆。这时候,宋与契丹(自 1066 年起改称辽)正在北边打仗,老百姓的负担大大加重。曾经向太宗上过《御戎十策》的王禹偁对此是很有感慨的。在一个大雪的日子里,他写下了这首《对雪》。

从首句开始到"飘飘满天地"共十句,是诗的第一层次。作者住在都城,已经快到一年的尽头了。他深居简出,家门白天也总是关闭着。他是必须五天一上朝的"常参官",但是皇帝豁免了这一照例礼节。昭文馆、史馆和集贤院都已不办公了(想来别的衙门也都如此)。因此诗人得以读书读到深夜才睡觉,而第二天白天还在大睡。这一天睡醒起来,忽然感到刺骨的寒冷,玉屑一样的白花飞入窗内。连忙披上衣服出去一看:啊!好大的雪,飘飘扬扬,飞洒在天地之间。这十句诗,只有"窗牖琼花坠"和"飘飘满天地"是直接写雪的,但其他的诗句在直接写雪之前已经把雪暗衬得够丰满了:朝廷免上朝,官署不办公,诗人不出户,这一切都是岁暮天寒雪大的结果。

从"岂敢患贫居"到"相聚歌时瑞"共十句,是第二层次。作者自称住在简陋的房子里,但并没有什么怨言。现在是要祝贺丰收,迎接新年的时候了。虽然每月的薪水并没有盈余,但一日三餐是一顿也不少的;柴薪和牲口的草料从来不缺,酒菜饮食也能充分供应。有了好酒,总要拿一些去孝敬长者和分给兄弟们。妻子儿女也不知道什么是"饥"和"寒"的滋味,一家人高高兴兴地团聚在一起,庆祝下雪这一祥瑞。在这十句里,诗人是以一种平和、淡然的笔调描写自己的家居生活的,他显得满足,也没有更高的要求。虽然从第二句"衡门昼长闭"开始到这一段,很多句子是在诉"贫"(如"衡门"是指横木做成的简陋的门,引申为简陋的住宅,即他所说的"贫居";月俸无余;供奉亲老和与兄弟们共同享受的也只有"数杯"和"一酌",等等),但他意不在此,而是为下文的叙述作准备。

从"因思河朔民"到"阒寂荒陂里"八句,是第三层次。在这段里,作者描写了黄河以北百姓苦于劳役的情况。对契丹的战争带给百姓的灾难是巨大的,普通老百姓的负荷大大超出了和平时期:他们在这样的大寒天气里牵着车子为前方输送给养,每辆车的重量有好几十斛(每斛为十斗),路程又有数百里路,遥远得很。因为天冷,瘦弱的马冻得不愿走也实在走不动;道路让冰冻得僵硬了,车子也极难拉得动。白天这样辛苦,到了晚上,没有生气的荒野就是这些民夫的宿身之地。

紧接着从"又思边塞兵"到"牢落穷沙际"八句,描写的是戍边士兵的情况:他们手执武器,抵御着敌人的侵犯。守卫城池,竖起大宋的旗帜;日日夜夜要随时注意岗楼的烽火,提防敌军的突然侵袭。因为冻寒,弓变得很硬,要添气力去拉;铁甲传冷,寒气一直侵入骨髓之中。他们现在所住宿、活动的场所,就是那荒凉、孤寂的无边沙漠。

在这两段里,作者对河朔军民的艰苦生活描写得相当详细。写民夫抓住了车重路遥、马瘦道滑、宿野投荒的情节;写边兵抓住了守城望夜、弓硬甲寒、转战穷沙的情节,既非常形象,又具有典型性。现在我们可以知道作者在第二层次中诉"贫"的目的了:如果"晨炊且相继","薪刍未缺供,酒肴亦能备"和"妻子不饥寒,相聚歌时瑞"的家庭也可以称"贫"的话,那么,黄河以北的民夫和边兵又当如何呢?作者用对比的手法反衬出边塞兵民之苦。两段开头的"因思"和"又思"都提醒读者,这是身居都城,"免常参""无公事",可以"读书夜卧迟,多成日高睡"的闲逸者的遥思。它说明了作者的立场,从而为第五层次的抒感打下了基础。

第五层次共十四句。诗人从对边塞兵民苦难的遥思、同情转及自身,引发出居官者的责任感和未能尽职的自责之情:仔细想想我是什么人，可以这样偷闲安逸！有了谏官的职位而不尽谏官的责任，简直是老百姓的蛀虫。正直的话一句也没有说，还算得上是什么"直士"吗？身为右拾遗直史馆，对朝廷政策没有任何褒扬或批评，怎么称得上是"良史"呢？自己是一介书生，不会耕田种粮，不能持戈杀敌，既惭愧自己没有能使百姓生活富裕的办法，又深疚拿不出平定外患的计划，只能很空泛地写下这篇《对雪》，表达自己的心情——而这所有的一切，实在是对不住好朋友们对我的热忱期望啊！

综观全诗，作者的自责之心是深切沉重的。谏官的责任和自身所具有的正义感要求他能针对时政发表意见，但朝廷的现状又决定着他做不到这一点。内心的冲突、苦闷、不满，以及对那些尸位素餐、无所事事的官吏们的讽刺，通过这首语言平易的咏雪抒情诗，明白地表露了出来。

【补充说明】

北宋初年的诗歌大多轻佻浮华。王禹偁在改变这种风气方面作了很大的努力。他的很多诗具有语言平白通俗、风格清新爽朗的特色。许多宋诗选本都选收的《畲田调》可以算是代表作："大家齐力斸孱颜（砍伐山上的树木），耳听田歌手莫闲。各愿种成千百索，豆其禾穗满青山。""谷声猎猎酒醺醺，斫上高山乱入云。自种自收还自足，不知尧舜是吾君。""北山种了种南山，相助力耕岂有偏。愿得人间皆似我，也应四海少荒田。"

书河上亭壁①

寇　准

岸阔樯稀波渺茫②,独凭危槛思何长③。萧萧远树疏林外,一半秋山带夕阳。

【注释】

①河:黄河。　②樯:船的桅杆。　③危:高耸的样子。槛:栏杆。

【作意】

这是一幅北方秋天的山水图。诗人在写景中抒发了自己的思绪。

【作法】

全诗分两个层次:前一层次从大河景色引起自己的思绪,后一层次又从思绪中将视角转向远天的树林和秋山景色,使感情与景观得到了非常自然的交融。

【鉴赏】

这首诗的原诗题是:"予顷从穰下移莅河阳,泊出中书,复领分陕。惟兹二镇,俯接洛都,皆山河襟带之地也。每凭高极望,思以诗句状其物景,久而方成四绝句,书于河上亭壁。""穰下移莅河阳"是指

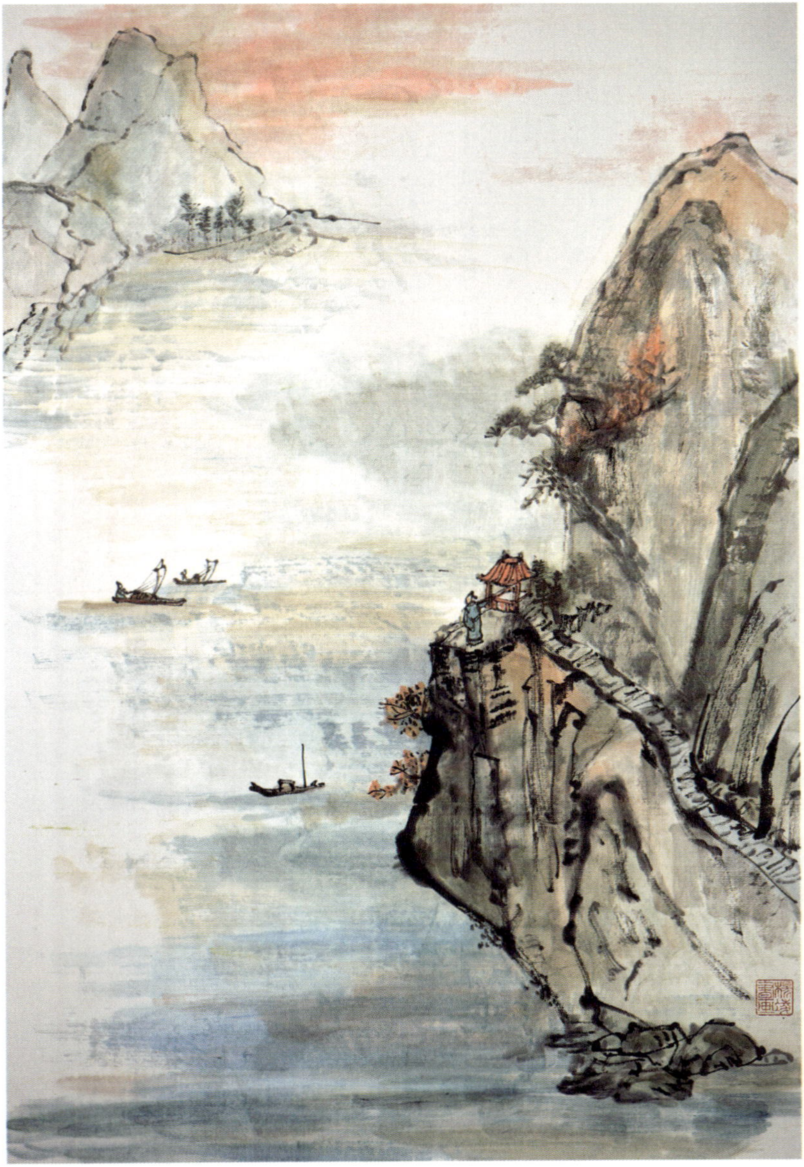

诗人在太宗至道二年(996)由参知政事之职罢知邓州("穰",治所在今河南邓县),真宗咸平初徙河阳(治所在今河南孟县西南)。"分陕"是指周公、召公分陕而治,前者主治陕而东,后者主治陕而西。作者于景德三年(1006)由中书侍郎罢为刑部尚书,知陕州(治所在河南原陕县),正是周公和召公分陕之地。在此诗题下共有四首诗,分咏一年四季河上景物。此处所选一首写的是秋景。从原诗题中了解了这组诗的写作背景和写作经过,有助于我们对诗本身的理解。

秋日的黄昏,诗人独自登上高楼,倚着栏杆,俯瞰着黄河。江水滔滔,滚滚东去。河岸显得宽阔。因为河中船只稀少,所以河面愈加显得烟波浩淼、无边无际。在这里,诗人是登"危"而望远,因此所见景象是开阔辽远的,不能用过于精微的描写来刻画,只能用疏朗清远的笔触加以勾画。江岸开阔已经表现出气势,"樯稀"而衬托出"波渺茫"的浩淼无涯,更加推展了雄阔的意境。

面对着不尽东去的滔滔秋水,诗人心潮起伏,思绪也宛如河水一般不尽了。要知道,诗人此时的身份是谪官,他当年在参知政事任上破格提拔贤才而招致围攻,被排挤出朝廷的往事还历历在目,此时"独"凭危槛,思绪当然是会不可穷尽的啊!"逝者如斯夫",是人生无定的感慨?是谪人远放的离忧?是秋天肃杀氛围诱生的愁思?是事与愿违而不得志引起的郁闷?作者欲言又止,只用"思何长"笼统以概之,为读者留下了同样不尽的回味余地。

还是把心中的感慨、忧愁、不快、郁闷……统统丢开吧!诗人将目光从大河移向树林和山峦:萧瑟、稀疏的一片树林在远处隐约可见;树林之外是莽莽群山,在西下的夕阳照射之下,已经有一半被染红了。如果说,前一层次的两句通过"岸阔""樯稀""波渺茫""独凭""危槛""思何长"制造出一种秋日氛围的话,那么,这后一层次两句的实描真是把秋日的景致写全写透了：在萧萧的秋风中，黄叶坠地，所以是"疏林"；夕阳残照，又加剧了这种情调。而在写法上，这两句也是颇有特色的。宋代美学家郭熙在《山川训》中说："真山水之川谷，远望之以取其势，近看之以取其质。"诗人是远望，所以是近树浓涂，远树淡抹，从"萧萧远树疏林外"表现出画意的。这不但符合美学原理，也突出了秋日风景的季节特征。在最后一句中，作者用了一个"带"字，不仅把全句甚至把全诗都点活了：在观者眼中，半山受光，半山背光，明暗隐显，掩映生姿，不像一般诗中所言是夕光照秋山，倒好像是秋山有意，主动披上了夕阳余晖。

《温公续诗话》认为"寇莱公诗，情思融远"，意思是说寇准的诗感情简淡而清远，《题河上亭壁》中的这一首证明确实如此。诗人触景生情而又不任情、纵情，只让这股情思止于淡淡的程度，这就把作者本身所具有的高洁的情怀也隐隐表露出来了。

【补充说明】

历来选本，此组诗中多只选这一首加以释解。其实如果通读四首的话，可发现诗人在抓住季节特征和抒发情思上是很善于遣笔的。兹将其他三首录于后："堤草惹烟连野绿，岸花经雨压红枝。年来多病辜春醉，惆怅河桥酒旆风。""蝉鸣日正树阴浓，避暑行吟独杖筇。却爱野云无定处，水边容易耸奇峰。""暮天寥落冻云垂，一望危亭欲下迟。临水数村谁画得，浅山寒雪未销时。"

题 西 林 壁①

苏　轼

横看成岭侧成峰,远近高低各不同②。不识庐山真面目,只缘身在此山中③。

【注释】

①　西林:西林寺,在今江西庐山上。　②　此句或作"远近高低无一同""远近看山总不同""到处看山了不同"。　③　缘:因为。此山:指庐山。

【作意】

这是作者于宋神宗元丰七年(1084)四月游庐山时写下的纪游诗。在写景中含蕴了深刻的哲理。

【作法】

虽然寓意深刻,但此诗的语言却异常浅显,不事雕饰,从质朴无华的词句中表现出一种旁人无所道、不可及的境界。

【鉴赏】

庐山位于江西省北部,长江南岸,鄱阳湖之滨。岗峦环列,云雾缭绕,山色瞬息万变,瑰丽奇迷,自古便有"匡庐奇秀甲天下"的美称。作者于元丰七年(1084)与友人参寥同游庐山,共作诗七首,这是其中最后的一首。

诗人对神奇、秀丽的庐山是向往已久了。《初入庐山》的这一首说:"自昔怀清赏,神游杳霭间。而今不是梦,真个在庐山",就是这种向往心情的表露。《初入庐山》另一首这样写道:"青山若无素,偃蹇不相亲。要识庐山面,他年是故人。"诗人说得很风趣,初见庐山,好像遇见一位素不相识而又高傲严肃的人,要真正认识他并达到"相亲"的程度,还要常来常往才行! 他在"往来山南北十余日"(《东坡志林》卷一"记游庐山"条)之后,作就了这篇佳作。

透过云雾重重,作者想要对庐山作一个总体的了解和把握。从横观察,看到的是道道山岭;从侧览视,映入眼帘的是座座巅峰;从远处看,近处看,高处看,低处看,见到的景象全然是不相同的。作者不是说"要识庐山面,他年是故人"吗? 怎么在游山十几天之后,反而"不识庐山真面目"了呢?

末句结论,奇思妙发。苏东坡之所以为苏东坡,其缘由于此可见一斑。诗人并没有因为所见各异而陷入迷惘,止于惊叹,而是作了进一步的思索:人的认识是相对的、有局限的;对庐山的横看、侧看、远看、近看、高看、低看,是因为人们的立足点不同而造成的某种状态,这种状态当然也有它的特定限制,所以才造成了人们眼中成岭成峰,或高或低,似远似近的结果。"只缘身在此山中",一声慨叹,既说明游人不能见到庐山的本来面目的原因在于未能超然庐山之外统观全貌,又表明游山十余日之后的诗人已经从庐山的转侧多姿中凝聚出对全山的印象,不然是不会有如清代纪昀评此诗所说"亦是禅偈"的见道之言的。

【补充说明】

清代潘德舆的《养一斋诗话》认为"理语不必入诗中,诗境不可出理外",这是比较片面的。因为"理"本身是高明的见解,人们往往是心上有而口中无,一经诗人道出,便使读者或怦然心动,或恍然大悟。诗不排斥理语,问题在于要和全篇的内容貌合神共,要说得有理趣。"不识庐山真面目,只缘身在此山中"是理语,但它是通过庐山形象来写的。如果以干巴巴的哲学语言写出这意思,谁还敢读?因形说理是苏轼不少诗的特点,除了此首之外,本书所选的《饮湖上初晴后雨》也是如此。

登飞来峰①

王安石

飞来峰上千寻塔②,闻说鸡鸣见日升。不畏浮云遮望眼,自缘身在最高层。

【注释】

① 飞来峰:在浙江杭州灵隐寺前的灵隐山上。 ② 寻:长度单位。古代八尺为寻。

【作意】

这是王安石早年的作品。作者登高望远,借景抒怀,表现出积极进取的精神。

【作法】

诗的第一、二句写景,第三、四句寄情于景,阐发出含蕴哲理的认识。

【鉴赏】

作者三十岁时,游飞来峰登高塔,留下了这首绝句。

首句写明了飞来峰和峰顶高塔的概貌。飞来峰原来就高峻陡险,但在这高山之巅还有一座千寻高的塔;"千寻"当然是夸张之语,但其高就可想而知了。第二句具体描述了山高:登临山顶可以听到天鸡的鸣叫,可以望见东海;那么,山的高、山的广、山的险就很形象地表现出来了。

　　三、四两句是以前两句的写景为基础的。登高远眺,越登高越见得广远,这是非常普通的生活常识。因为站在飞来峰的千寻高塔之上,诗人富有哲理的主题便自然产生:不怕浮云遮掩我的远望的视线,因为我站在山的最高一层。"浮云"两字,典出于西汉陆贾《新语·慎微篇》:"邪臣之蔽贤,犹浮云之障日也。"古人常用浮云蔽日来比喻奸邪进谗言蒙蔽皇帝陷害贤臣,如李白《登金陵凤凰台》有"总为浮云能蔽日,长安不见使人愁"句。王安石在这里既是反用其意,又是活用其意。"浮云"可以指邪臣,可以指生活道路上的障阻,还可以指一切蒙蔽真理的事物,但也可以不指任何具体的东西。因为可以明白看出的是作者在这首诗里表达了他的政治理想:刚刚开始政治生涯的王安石面对着当时的社会现实,满怀希望和信心地准备投身于政治改革。他相信自己站得高,看得远,没有东西可以蒙蔽和阻碍他。这种精神面貌是很令人振奋的。

【补充说明】

　　"仁者乐山,智者乐水",这句话在以济世为己任的政治家王安石身上似乎得到了验证。他喜欢游山,记叙游山的诗不少,在其他的风景诗中也多描写到山。他的旅游观在《游褒禅山记》中表述得很清楚:"夫夷以近,则游者众,险以远,则至者少,而世之奇伟瑰怪非常之观,常在于险远,而人之所罕至焉。故非有志者不能至也。"谁说这不就是这位政治家的人生观呢?

观 书 有 感

朱 熹

半亩方塘一鉴开①,天光云影共徘徊②,问渠那得清如许③?为有源头活水来④。

【注释】
① 鉴:镜子。开:打开。 ② 徘徊:来回晃动。 ③ 渠:它,此处指方塘。 ④ 为有:因为有。

【作意】
这是一首说理诗,通过池塘有活水而清,说明不断接受新事物的重要。

【作法】
观书有感,意在讲道理,但作者却从自然界捕捉形象,让形象本身说话。诗的前两句展示形象本身,后两句引出哲理。全诗清新活泼,富于理趣,是公认的说理诗佳作。

【鉴赏】
作为著名理学家的朱熹,对"文以载道"的主张,是一百个赞成,而且身体力行,以至有"重道轻文"之偏。然而,他又是一个很有文化修养的学者,因而,他的诗作虽然大多以明理言志为务,却不乏佳作。

《观书有感》即为其中之一。原诗有两首,这是第一首。

"半亩方塘一鉴开,天光云影共徘徊。"诗一开头就描绘出一幅让人赏心悦目的自然景观。小小的半亩见方的一个池塘,像一面打开的镜子一样,静静地躺在那里。"鉴"是铜镜,古代镜子平时用镜袱盖着,要用时才打开,所以诗人说"一鉴开"。正因为它像一面打开的明镜,所以天光云影都能从中反映出来,那光影晃动,闪耀流泻,千姿百态,使一个普普通通的小池塘成为包含深远的大世界。像一面镜子是静态描写,光影徘徊则是动态描写,动静相兼,形象丰满,富有美感。同时,这些外在的美,又蕴含着内在的本质美;水明如镜,说明池水又深又清;如果又浅又浊,就不可能清晰地映出蓝天白云的美姿。

"问渠那得清如许?为有源头活水来。"诗的后两句,正是对池塘本质美的进一步开掘。它为什么会这样清?照一般情况,小水塘,一潭死水,很容易变浑浊。那么这儿为什么能这样清澈?显然,孤立地从方塘本身找不到原因,于是,诗人放开眼界,从与方塘有联系的外界寻找,终于发现了奥秘所在:原来是因为有活水不断地从源头流来,小池塘的水在不断充实,不断更新。

诗题是《观书有感》,诗人为什么在看书中想到了源头活水的哲理?方塘由于有源源不断的活水补充、更换,所以永不枯竭,永不腐败,永不浑浊,永远能包容天光云影。人的头脑也是如此,只有不断从书中吸取知识,弄通道理,提高认识,才能永远充实、永远聪明。一个人必须孜孜不倦地学习,才能成为一个博识的、有用的人。诗人的感受大概正是这样的吧!而从写诗的角度来说,虽然诗的精髓在于情,但也不能绝对,认为它完全排斥理。就是主张"诗有别趣,非关理也"的严羽,也承认"古人未尝不读书不穷理"。问题在于要形中见理,因形见理。《观书有感》就是因形见理,在叙写的基础上点明了道理。正如清代沈德潜在《说诗晬语》中所说的"议论须带情韵以行"。说理而有理趣,读者是不会厌烦的。

【补充说明】

《观书有感》的第二首是:"昨夜江边春水生,蒙冲巨舰一毛轻。向来枉费推移力,此日中流自在行。""蒙冲"是古代一种战船。这首诗揭示了一个近乎"水到渠成"的哲理,那就是在条件不具备时,盲目蛮干只会白费力气;而一旦条件成熟,做起来却很容易。这一首不及前一首那样广为人们传诵、引用,但也是一首不错的哲理诗。

一年好景君须记
最是橙黄橘绿时
　　——奋　发

赠刘景文①

苏 轼

荷尽已无擎雨盖②,菊残犹有傲霜枝。一年好景君须记,最是橙黄橘绿时。

【注释】

① 刘景文:名季孙,开封祥符(今河南开封)人。 ② 擎雨盖:指荷叶。

【作意】

这首赠给友人的诗描写的是秋末初冬景色,寓情于景,表达了作者对刘景文的崇敬之情,同时也寄托了诗人自己的理想。

【作法】

诗的前两句采用对句形式,描写秋末冬初时节荷与菊的姿态,由此引出后两句作者对一年之中最美好时光的赞颂。

【鉴赏】

刘景文为人博学能诗,初以右班殿直监饶州(治所在今江西鄱阳)酒税。王安石做江东提刑时查问酒务,在厅堂的屏风上看到他写的一首诗,非常欣赏,提拔他做摄学事。苏轼称他为"慷慨奇士",也曾表荐过他。苏轼在杭州任太守时,他也在杭州任两浙兵马都监。

两人诗酒往还,有深厚的友情。这首诗作于仁宗元祐五年(1090)。

开篇两句,用流水对的形式概括描画了残秋的图景:在夏日曾经涨满池塘的荷花,现在已经尽了气数,那遮挡烈日和风雨的大片荷叶已经完全枯衰了;秋日怒放的菊花也已经花落叶败,只有那不畏寒霜的枝干还挺立着。作者写残秋初冬的景色,选择了荷和菊作为代表物,看得出是别具匠心的。荷花冰清玉洁,出淤泥而不染,向来是作为纯洁的象征;菊花斗风傲霜,也一向是坚贞的代名词。现在它们虽然已经凋败,但本身所具有的品格和精神却是不会死亡的。作者在描写荷叶时用了"擎"字,在描写菊枝时用了"傲"字,目的就是证明这种品格和精神的强健、旺盛,就是要告诉读者,虽然它们目前不复存在,但是潜在的生命力却是不可穷尽的。读这两句诗,似乎应该和作者的这两种感情联系起来:一是他对刘景文的敬重。在苏轼心目中,刘景文是孔融一类的国士,具有崇高的品格与节操,是像荷、菊一样孤标傲世而值得大大歌赞的对象。二是其时苏轼的处境和情绪。前一年,苏轼因对朝廷的一些政策提出异议,招致大量的激烈攻击,他遂自请就任外地而成为杭州太守。政治上的不得志,当然会引起作者的联想,荷、菊的气质和品格,无疑也成为激励着他的象征物。

但是,作者毕竟是奋发的,尽管冬天已至,百花凋零,但他却并不因此而消沉。他充满喜悦地告诉友人:你要记住啊,一年最好的风光景色,还是在橙子黄、橘子绿的时候!橙和橘都是常绿果树,成熟于菊花开放的秋天;而在菊花凋谢之后,橙橘果实累累,是一片何等令人感奋的美景!更何况,在古人的心目中,橘树一直是品格高尚的嘉树,它在冬天初至时呈现出来的这种姿态,正可以说是诗人理想中的楷模。在这里,作者是自勉,也是与友人的共勉,所以,《唐宋诗醇》称赞此诗是"浅语遥情"。

【补充说明】

作者与刘景文情谊之深,也可以从次年[元祐六年(1091)]九月刘景文的《寄苏内翰》看出来:"倦压鳌头请左符,笑寻颍尾为西湖。二三贤守去非远,六一清风今不孤。四海共知霜鬓满,重阳曾插菊花无?聚星堂上谁先到?欲傍金尊倒玉壶。"方回评论这首诗说:"六一清风"一联已经是佳句了,"四海"和"重阳"一联,则不但写出了天下人共同惋惜苏东坡的逐渐年老,而且安慰苏轼不必以时事介意,"句律悲壮豪健,人人能诵之"。

病　牛

李　纲

耕犁千亩实千箱①,力尽筋疲谁复伤②?但得众生皆得饱,不辞羸病卧残阳③。

【注释】

① 实:充实。箱:与"厢"字相通,即厢房。此处指官府的粮仓。 ② 复:再。伤:哀怜,同情。　③ 羸病:瘦弱有病。

【作意】

这首咏牛诗借诗喻志,表达了作者虽然身处逆境,仍以国家兴亡和天下苍生为念的精神境界。

【作法】

全诗四句,第一、二、四句均表现牛的功绩与现状,为突出第三句的境界作了足够的铺垫和渲染。第三句的拟人化表现手法使得全诗显得活泼。

【鉴赏】

李纲是北宋南宋之交最有人望的抗战派领袖。靖康元年(1126)金兵渡河,徽宗赵佶匆匆忙忙传位给赵桓后,带头南逃。钦宗赵桓登基后也决定弃汴京出走。李纲一天入朝,发现宫中已经整装待发。

他坚决阻止了这场大溃逃,号召禁军留京坚守,并在围城中组织军民防御。赵桓为了向金人求和,罢免李纲亲征行营使之职。罢令一下,"军民不期而集者数十万,呼声动地"(《宋史·李纲传》),迫使赵桓收回成命。但等金兵一退,就以"专主战议,丧师费财"的罪名将他革职流放了。建炎元年(1127),高宗任李纲为相。李纲反对退避东南,主张进驻南阳以取中原;他又要求招抚河北、河东的义军,在敌后抗战。因为这两条建议都与赵构的妥协方针相冲突,所以为相七十二天即遭罢免,落职居鄂州(今湖北武昌)。《病牛》即是作者于绍兴二年(1132)在鄂州所作。了解了李纲的生平大略,有助于我们对《病牛》的理解。

首句"耕犁千亩实千箱"写了"病牛"的功绩。这头牛犁田、耕作千亩,其劳作的成果可以装满千百个粮仓。作者连用"千亩""千箱",泛指其多,强调了牛的辛苦和牛的功绩,同时也含蓄地揭示了"病牛""病"的原因:如此劳作,哪有不"病"的道理呢?

次句紧接首句,点明了"耕犁千亩"之后这头牛的处境。"力尽筋疲谁复伤?"它已经气力衰竭、筋疲力尽,但是有谁来哀怜、同情它呢?这是使用问号的感叹句,"谁复伤?"的回答是没有人会"复伤"。在"耕犁千亩实千箱"之后,它的价值已经用尽,世间给予它的只是冷漠、遗弃和忘却。功绩如彼,而处境却如此,作者不能不平。不平之意,尽蕴于"谁复伤?"这个大大的问号之中。

现实如此残酷不公,病牛又是如何对待的呢?结尾两句,诗人设身处地,用移情及拟人化的手法代病牛作答:"但得众生皆得饱,不辞羸病卧残阳。"只要普天下的老百姓都能够吃饱饭,自己即使耕田耕得瘦病,卧倒在夕阳之中也决不推辞。最后一句是第二句的继续和补充,已经"力尽筋疲"了,现在又因为"羸病"而"卧",结局是相当悲惨的。夕阳西下是一个含悲凉、愁怨之意的特定环境和氛围,"病牛"卧于此刻,把它那种凄惨、孤寂、气息奄奄的景状渲染得特别强烈。正因为如此,句中的"不辞"两字才显得格外慷慨,从而使第三句的意境也更加突出:虽然劳苦功高但被人遗弃,尽管气息奄奄又病卧残阳,但"病牛"绝不自怜自叹,因为它的心愿是"众生皆得饱"。

题曰《病牛》,但却没有抽皮贴骨地描写牛的病态,仅用"力尽筋疲"和"羸病"而"卧"简单勾勒,因为这实际上并非诗的重点。"病牛"的形象是由它的功绩、处境、结局和境界共同构成的,这是一个功绩卓著、处境可哀、境界崇高的值得人们敬仰的形象。应该说,诗人强烈的身世感和爱国情,不辞羸病而志在众生的精神,都通过"病牛"的形象得到了表现。借诗喻志,这是一个明例。

【补充说明】

在古代文学作品中,写及牛的非常多,但专以牛为表现对象的诗却很少。仅从这个角度来看,李纲的这首《病牛》就颇有文学价值。北宋孔平仲的《禾熟》诗里也有牛的形象:"日里西风禾黍香,鸣泉落窦谷登场。老牛粗了耕耘债,啮草坡头卧夕阳。"同是写卧夕阳的老牛,境界就有高低之分,李诗所含博大深厚的思想显而易见。王国维在《人间词话》中所说的"有境界则自成高格,自有名句"是一点也不差的。

正 气 歌

文天祥

天地有正气①,杂然赋流形②。下则为河岳③,上则为日星。于人曰浩然④,沛乎塞苍冥⑤。皇路当清夷⑥,含和吐明庭⑦。时穷节乃见⑧,一一垂丹青⑨:在齐太史简⑩,在晋董狐笔⑪,在秦张良椎⑫,在汉苏武节⑬;为严将军头⑭,为嵇侍中血⑮,为张睢阳齿⑯,为颜常山舌⑰;或为辽东帽⑱,清操厉冰雪⑲;或为《出师表》⑳,鬼神泣壮烈㉑;或为渡江楫㉒,慷慨吞胡羯㉓;或为击贼笏㉔,逆竖头破裂㉕。是气所磅礴㉖,凛烈万古存㉗。当其贯日月,生死安足论㉘!地维赖以立㉙,天柱赖以尊㉚。三纲实系命㉛,道义为之根㉜。嗟余遘阳九㉝,隶也实不力㉞。楚囚缨其冠㉟,传车送穷北㊱。鼎镬甘如饴㊲,求之不可得。阴房阒鬼火㊳,春院闷天黑㊴。牛骥同一皂㊵,鸡栖凤凰食㊶。一朝蒙雾露㊷,分作沟中瘠㊸。如此再寒暑㊹,百沴自辟易㊺。哀哉沮洳场㊻,为我安乐国。岂有他缪巧㊼,阴阳不能贼㊽!顾此耿耿在㊾,仰视浮云白㊿。悠悠我心悲㊿,苍天曷有极㊿?哲人日已远㊿,典型在夙昔㊿。风檐展书读㊿,古道照颜色㊿。

【注释】

① 正气:正直刚毅的意志。　② 杂然:多种多样。赋:赋予,给予。流形:各种物体。　③ 河岳:大河和高山。　④ 浩然:浩然之气,即正直刚毅的意志,语出《孟子·公孙丑》:"我善养浩然之气。"　⑤ 沛乎:充满的样子。苍冥:天空,此处指天地之间。　⑥ 皇路:国家的政局。当:处于。清夷:清平。　⑦ 含和:包含有中和之气,语出班固《东都赋》:"咸含和而吐气。"明庭:圣明的朝廷。　⑧ 时穷:时势危难的关头。节:气节。见:表现。　⑨ 丹青:绘画的红、蓝两种颜料,经历时间长久不会变色,原用以代称绘画,这里喻为历史。⑩ 太史简:古时国家史官掌管的史册。本句典故出自《史记·齐太公世家》:春秋时,权臣崔杼杀了齐庄公,太史因为如实记录此事而被崔杼所杀;太史的两个弟弟继续那样写,也相继被杀;太史的另一个弟弟仍坚持那样写,崔杼无法,只得让史册上那样记载。　⑪ 董狐:春秋时晋国的史官。本句典故出自《史记·晋世家》,他一如上述的齐太史,在危急关头,冒着生命危险,秉笔直书。　⑫ 张良:祖先是战国时韩国人,秦灭韩后,他欲报仇,铸了一百二十斤重的铁椎,请力士伏击秦始皇于博浪沙(今河南原阳县南),未中。后助刘邦完成汉朝的统一。　⑬ 苏武:汉武帝刘彻时派到匈奴的使臣。他被匈奴扣留之后,坚决拒绝投降;被放逐到无人迹的北海(相传即今之贝加尔湖)牧羊时,终日手持汉节,始终不屈。十九年后才得回国。节:指符节,为节上饰以旄的竹枝,古代使者证明身份的凭据。此处亦可引申为气节。　⑭ 严将军:指三国时益州牧刘璋的部将严颜。镇守巴郡时被张飞俘虏,张飞要他投降,他说:"我们这里只有断头将军,没有投降将军。"张飞大怒,让人杀他,他神色不变地说:"砍头就砍头,为什么这么发怒呢?"张飞赞赏他的威武不屈的气概,释放了他。　⑮ 嵇侍

中:指西晋时担任侍中职务的嵇绍。他在随惠帝司马衷与叛乱的贵族作战时,以身体遮蔽惠帝,被乱箭射死,鲜血溅到司马衷的衣服上。事后,左右要把这件衣服洗干净,司马衷说:"这是嵇侍中的血,不要洗!" ⑯张睢阳:指唐代安禄山造反时守卫睢阳(今河南商丘)的唐将张巡。他固守数月,每次督战都大声喊叫,把牙齿都咬碎了;城破被俘后拒绝投降,敌人用刀刺进他的嘴中,牙齿只剩下三颗,仍然骂不绝口,最后牺牲。 ⑰颜常山:指唐代安禄山造反时的常山太守颜杲卿。城破被俘后送至洛阳,他怒骂安禄山,受剐刑,舌头被钩断后仍然含糊而骂,一直到死。 ⑱辽东帽:三国时魏国人管宁,品格学问都很好,他居住在辽东(今辽宁东南部)避乱,戴皂帽,穿布衣,安贫讲学三十余年,数次拒绝入仕。 ⑲清操:清高的情操。厉冰雪:严肃得像洁白的冰雪。 ⑳《出师表》:见陆游《书愤》注⑥。 ㉑泣:哭;这句的意思是鬼神也会被诸葛亮在《出师表》中表达的壮烈精神所感动。㉒渡江楫:楫指船桨;这里用了东晋爱国志士祖逖"渡江击楫"的典故。祖逖力主收复沦陷的国土,他率军渡长江时,敲着船桨发誓说:"我不能平复中原,绝不再过这条江!"后来终于收复了黄河以南的土地。 ㉓胡羯:原指北方的羯族;此处是北方异族侵略者的泛称。㉔击贼笏:笏指象笏,大臣上朝时记事的手板。唐代德宗时,朱泚谋反,逼司农卿段秀实出仕;段秀实在一次议事时突然用象笏猛击朱泚的头部,同时唾面大骂,因此被害。 ㉕逆竖:叛乱的奸贼,此处指朱泚。 ㉖是气:这股浩然正气。磅礴:充塞。 ㉗凛烈:威严、壮烈。 ㉘这两句的意思是:当这股正气表现出来而通贯日月的时候,生与死的问题哪里还值得考虑! ㉙地维:古人认为大地是方形,有四角,地维指系住四角的粗绳子。 ㉚天柱:传说中昆仑山上方圆三千里的大铜柱,一直撑到天上。尊:耸立。 ㉛三纲:传统中国社会的道德关系，即君为臣纲，父为子纲，夫为妻纲。这句说三纲实质上依靠正气来维系。 ㉜ 道义：道德和真理。这句说正气也是道德和真理的根本。 ㉝ 嗟：感叹词。余：我。遘：遭逢。阳九：古代迷信，称灾岁九年为“阳九”，于是成为灾难之年或厄运的代称。 ㉞ 隶：原意是奴隶，此处是作者的自谦词，认为虽然位居将相，但只是南宋的隶卒而已。不力：这里指力不从心。 ㉟ 楚囚：语出《左传》，被晋国俘虏的楚国人坐在囚车里，都戴着楚国的帽子，表示不忘祖国。缨：帽带子，这里作动词“击”用。 ㊱ 传车：古代驿站的专用车辆。穷北：荒凉的北方。 ㊲ 鼎镬：大锅，常用作刑具，将人放在里面活活煮死。饴：糖浆。 ㊳ 阴房：牢房。阒：寂静、幽暗。鬼火：磷火。 ㊴ 春院：春日的庭院。闷：关闭。 ㊵ 骥：良马。这里用牛、骥分别比喻平庸者和贤能者。皂：马槽。 ㊶ 鸡栖：鸡窝。 ㊷ 蒙雾露：风霜雾露加重而受到折磨。 ㊸ 分：料想。瘠：没有完全腐烂的尸体。 ㊹ 再寒暑：两次寒暑，指两年。 ㊺ 百沴：一切病害。辟易：退避。 ㊻ 沮洳：低下阴湿的地方。 ㊼ 缪巧：窍门、机巧。 ㊽ 阴阳：阴气与阳气，此处泛指自然界的一切毒气。贼：侵犯、残害。 ㊾ 耿耿：光明貌，这里形容忠心。 ㊿ 浮云白：浮云般的洁白，比喻志气高洁。 (51) 悠悠：忧愁、忧郁。 (52) 曷：疑问词，何时，哪。极：尽头。 (53) 哲人：贤智杰出的人物，此处指前文列举的那些古人。日已远：一天天地离我远了。 (54) 典型：楷模、模范。夙昔：从前。 (55) 风檐：晾檐，檐下有风无雨，故称屋檐下为风檐。书：儒家的经史书籍。 (56) 古道：古人所提倡的“道”，这里指正文述及的正气。照颜色：在我面前照耀着。

【作意】

这首五言古诗是作者就义的前一年被囚在元朝首都的监狱里写

成的,在追怀历史的基础上表明自己的心迹和志节,是述志抒情之作。

【作法】

全诗六十句,三百字,可以视为两段六层。前段三十四句写盛大刚直的正气贯穿在历代忠正的志士仁人的行为之中;后段二十六句则写自己胸怀正气,战胜了一切邪恶。前段是古,后段为今,古今相衔,虚实相济,读来层层深入、一气呵成;议论过多向来是作诗的大忌,但此诗中的议论因为一有史实铺垫,二有真情支撑,所以也显得特别有说服力。

【鉴赏】

作者写作此诗时,已经在大都一间很小的土室里被囚禁了两年。两年里,各种艰难困苦折磨着他的肉体与精神,正如在这首诗的序言中所述,狱中的水气、土气、日气、米气、火气、人气和秽气不断地侵袭着他;在这些恶气的侵袭下,人很少有不得病的,但文天祥依然无恙,顽强地生活下来,其原因就在于他如孟子所说"善养浩然之气"。有这样一股天地之正气在胸,"以一敌七,吾何患焉!"这就是本诗写作的缘由。

诗的开章十句,说明了什么是正气。诗人认为自然界存在着一种正气,日月山川都是这种正气的体现;而对人来说,这股正气就是"浩然"之气,它充满在天地之间。国家太平时,胸有正气的人在圣明的朝廷上平和地表露,为国尽力;而一旦环境险恶、时局艰难,就会表现为坚毅崇高的气节,在史册上留下英名。这十句可以看作是虚写,通过"时穷节乃见,一一垂丹青",引入第二层十六句的大段史实。这十六句从春秋时齐国的太史到唐代的段秀实,一共列举了历史上十二位人物,各人的地位、事迹虽然各不相同,但在文天祥的心目中,他们都是正气凛然、时穷见节、坚贞不渝的英雄。这层描述让读者对诗人所仰慕的对象有了具体的了解,是"一一垂丹青"的详细注脚,也让读者对诗人那种爱憎分明的感情有了更深切的感受,同时,正是有了这层描述,读者也才很实在地确知了诗人所说的正气的具体内涵:崇高的民族气节,深厚的爱国感情和"富贵不能淫、贫贱不能移、威武不能屈"的精神与操守。此后八句说明这股磅礴于天地之间的凛然正气,自古至今,万世长存;而只要有了这股横贯日月的正气鼓舞和支撑着,生与死的问题哪里还值得考虑!文天祥以儒门弟子自许,认为正气是地维、天柱、三纲和道德、真理的根本,这是对正气的进一步赞叹。这八句看似虚写,但因为有上十六句的列举,所以丝毫不现空泛;这八句的结论又和开章十句对正气的概括说明遥相对应,达到了很好的效果。

后段前六句,是感叹自己遭逢外族入侵、国家和民族命运多难的艰辛岁月,身为朝廷仆役,却力不从心,回天乏术,不能挽救国运,反而成了俘虏,被送到荒凉的北方囚禁起来。国破家亡如此,个人生死早已置之度外。他曾经服毒、绝食,但都没能死去;再严酷的刑罚,他也甘之如饴,只求一死以殉国,但敌人却不让他即死,目的是企图降服他以为己用。从"阴房阒鬼火"起十六句,写的是狱中情况和自己的心态。在阴森、幽暗、潮湿的牢室里,磷火闪烁;春夜的庭院,天空是一团漆黑,一片死气沉沉。自己和狱卒、囚犯同居,没有知己,恰如骏马拴于牛棚,凤凰关于鸡窝。一旦因为风霜雾露的加重折磨,得病而死,变成沟壑中的死尸是意料中的事。奇怪的是,在这样的环境中我已经被关了两年了,却是百病退避,安然无恙;这样一个低下阴湿、不堪入居的场所，居然成了我的安乐国，难道是我有什么巧法妙计，使得种种恶气都不能侵害于我吗？并不是有什么机巧智谋，正是正气赋予了我耿耿忠心和高洁的志气，生死荣辱对于我来说，就如浮云一般，早已置于度外，所以百邪才不能得逞。仰望苍天，我的忧国忧民的悲愁，也像这无际的苍穹一样，哪里是尽头啊！诗人如焚的内心，在这里得到了淋漓尽致的坦露。

全诗的结尾四句是最后一个层次：古代的圣贤（指论述浩然之气的孟子以及前面述及的那些人物）离开今天已经一天天地远了，那些值得自己效法的英雄已经成为过去；我坐在风檐下面，读着圣贤们的言论和记载正气人物事迹的史书，正气正以它的光华照耀在我的脸上，焕发出夺目的光彩。这四句从内容来看，是全篇的结论，是主题的点明；从结构来看，又与前段所列的那批"一一垂丹青"的英雄们相呼应，形成严密的整体，把诗人的人格、理想、胸襟、精神升华到一个感人的境界。

【补充说明】

运用历史上众多的英雄人物来阐明和颂扬正气，是本诗写作的重要特色。而文天祥正是以这些人物作为自己的人生楷模的，他真称得上是言行一致。他的同乡、门生王炎午，在他被押解过江西庐州时，曾经立起"故宋宰相文天祥"牌位生祭他，表达了人民希望心目中的英雄全节牺牲，白璧无瑕。明末张煌言被清军所俘，过钱塘江时，有一和尚以纸包瓦砾投入其船，纸上写着："此行莫作黄冠（意为做道士以逃避斗争）想，静听先生正气歌。"张煌言读后笑道："此王炎午之后身也！"

满园春色关不住
一枝红杏出墙来
——愉　悦

游山西村[①]

陆 游

莫笑农家腊酒浑[②],丰年留客足鸡豚[③]。山重水复疑无路,柳暗花明又一村。箫鼓追随春社近[④],衣冠简朴古风存。从今若许闲乘月[⑤],拄杖无时夜叩门[⑥]。

【注释】

① 山西村:今浙江绍兴鉴湖附近的一个村庄。 ② 腊酒:腊月里酿造的酒。 ③ 足鸡豚:指有丰盛的菜肴;豚指小猪。 ④ 社:古俗在立春后的第五个"戊"日祭社神(土地神),以祈丰年。 ⑤ 闲:闲游。乘月:趁着月色。 ⑥ 无时:随时。

【作意】

这是作者闲居在家时写下的描绘山村景色和农家习俗的纪游诗,恰似一幅初春季节江南水乡的风俗画。

【作法】

八句五十六字,每两句都是一幅清新的画面;每幅独立的画面之间,都紧紧相扣,被诗人对农村生活真挚的感情所维系,自然表现出一种融情于景的境界。

【鉴赏】

　　这首诗写于乾道三年(1167)初春。前一年,陆游被加以"交结台谏,鼓唱是非,力说张浚用兵"的罪名从隆兴府(今江西南昌)任所免职回家,闲居在三山村。这是诗人到三山村西面一个村庄游玩时留下的作品。

　　作者是以客人身份到山西村去的,所以首联便从客人眼中所看到的主人的景况入笔:刚刚获得了一个丰收年成的山西村农民热情好客,以丰盛的菜肴来招待客人。请不要笑话农民家中的腊酒浑浊吧,在丰收之年,他们留客进餐,饭菜准备得实在是很丰盛呢!"莫笑"一句,弦外有音:酒味虽薄,但是待客的人情却非常厚道;下句的"足"字,表达了主人家待客时尽其所有、毫不吝啬的热情与大方。这两句写的是物,但主人那种朴实、纯真、诚恳、热情的心地和情态,不是已经呼之欲出了吗?

　　颔联写的是景。"重"和"复"都是一重重、一层层的意思,以"山重水复"来描写山与水的曲折幽深,从宏观上给人以风光极为优美的印象。因为山水重叠,曲折往复,才会让游者产生"疑无路"的感觉;又正是因为有了"疑无路",前面所言的山水转折迂回才格外衬托得突出。下句中用了一个"又"字,表示出一种出乎意料的惊愕、喜悦神态,说明这个村庄是突然出现在诗人眼前的。"疑无路"是虚写,"又一村"是实写,没有"疑无路","又一村"会让读者觉得没有来由;反之,如果没有"又一村","疑无路"则会显得做作。正是有了这种虚实相间、虚实相生的描绘,读者才会仿佛置身于这样一个美丽的"山重水复"的环境之中,体验到诗人那种在"无路"之中发现一个优美的村庄的惊喜之情。这正是此诗艺术上最成功的地方。下句中用了"明"

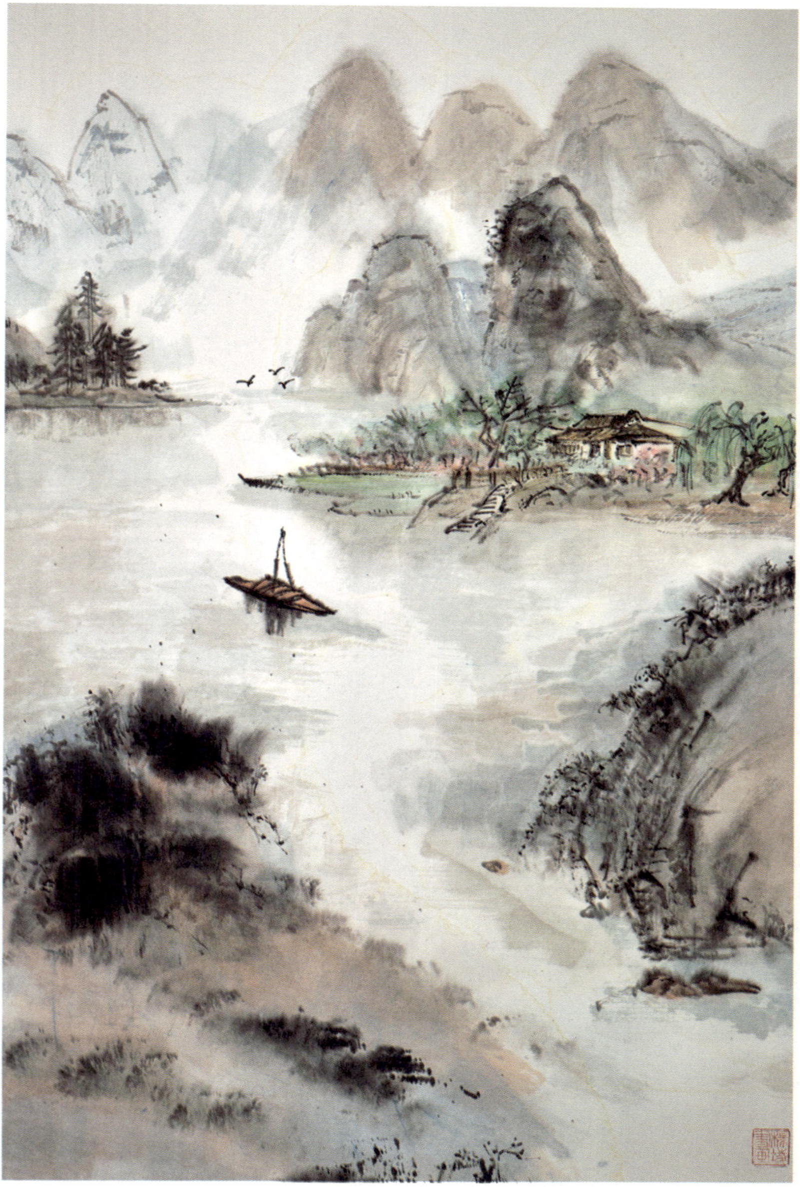

满园春色关不住　一枝红杏出墙来——愉悦

"暗"两字,提炼自北宋陈师道的"绿暗连村柳,红明委地花"。垂柳繁茂,绿叶荫荫,在这"暗绿"的陪衬下,盛开的鲜花自然显得特别明媚娇艳,风光当然也就别具一格了。

颈联写了村中所见的民风民俗。春社日将近,农民要祭祀土地神,箫鼓追随,一群群的乐队来往不断,热闹得很;农民们个个衣冠简洁朴素,保留了淳朴的古风。上句所描写的情景及气氛,实际上与首联中的"丰年"相呼应;下句中的"古风存",又从衣着特征所反映的精神面貌方面去补充和丰富了首联对于农民朴实、纯真的描写。

所见所闻的一切都给作者留下了极为美好而又深刻的印象,他喜不自禁地在尾联中表示了自己的愿望:自今以后,假如你们允许我在空闲的时候,趁着月色前来访问的话,我是会拄着手杖,随时来叩启你们的家门的。"若许"用的是探询的口吻,当然不是表示作者真的在那里正儿八经地征求主人的同意,而是把自己的愿望委婉地表露出来。因为农民们的热情、好客在前面已经写得很足,而此联中的"闲乘月"和"无时夜叩门"又再次加强了这种描写:月下走访可以想见往来的频繁;"无时"和"夜叩"则使我们可知作者与农民交往深厚、亲密无间的关系,什么时候来往都是没有顾忌的。全诗至此,物、景、情都已写得恰到好处,诗人对农民纯洁心地和纯朴风俗的赞颂,对农村自然风光的喜爱,以及由此萌生的对这一切由衷热爱的感情,都由一幅幅图画生动地表现出来了。

【补充说明】

"山重水复疑无路,柳暗花明又一村"两句,是千百年来被广泛引用的名句。除了因其饱含哲理而在许多境遇中予人以豁然开朗的启迪外,艺术上的成功也是不可忽视的原因。描摹这样的景象并非始于陆游,如周晖《情波杂志》中载强彦文诗"远山初见疑无路,曲径徐行渐有村",王维的"遥爱云木秀,初疑路不同。安知清流转,忽与前山通"(《蓝田山门精舍》),王安石的"青山缭绕疑无路,忽见千帆隐映来"(《江上》),但都不及陆游这两句形象、生动、精炼、集中,寓情于景达到了一个新的高度。今人钱钟书认为此种景象,只有陆游这一联才把它写得"题无剩义",确是灼见。

早 发 竹 下①

范成大

结束晨妆破小寒②,跨鞍聊得散疲顽③。行冲薄薄轻轻雾,看放重重叠叠山④。碧穗吹烟当树直⑤,绿纹溪水趁桥湾。清禽百啭似迎客,正在有情无思间。

【注释】

① 竹下:即黄竹岭,在今安徽休宁。 ② 结束:装束、打扮。 ③ 疲顽:疲乏。 ④ 放:闪出。 ⑤ 吹:通"炊"。

【作意】

这首诗描写的是清晨旅游途中的所见所闻,表现出作者在美好的自然风光中的欢愉心情。

【作法】

开篇两句交代时间、目的和旅游方式,接下来四句写沿途所见景色,最后两句以听见鸟叫并引起作者的玩味而结束。通篇给人以有声有色的感觉。

【鉴赏】

诗题是《早发竹下》,首句便破题:清早,作者穿好行装,梳妆一下,就冒着清秋时节清晨的寒气,从竹下出发了。他是骑马去游玩的,目的是要消散平素累积起来的疲乏和劳累。至于不是步行而是骑马,原因也是可以想见的:步行不远而骑马可以行远,既然是为了"散疲顽",那就不妨加大运动量,让大脑和身体都彻底地放松一下吧!

野外,被薄薄的轻轻的晨雾笼罩着,宛如有一层轻纱弥漫着。作者跨鞍骑马,冲破这轻纱一样的迷雾;在他扬鞭前进的途中,山峦重叠,迎面而来,时拦时放。用"薄薄轻轻"来形容雾和用"重重叠叠"来形容山,的确是作者遣词用句的匠心所在。雾如太浓太重,虽然也可以"冲"破,但终究不能造成一种轻快的感觉,更何况"重重叠叠"的山峦只在这样的薄雾中才能时隐时现,极尽盘曲之态。雾原是游离、流动的,作者用"冲"字使其变成了一幅似乎静止不动的纱幔;山原来是肃立、静默的,作者用"放"字使其变成扑面而来。一动变为一静和一静变为一动,使整个画面活跃起来。诗人骑着骏马在这山中雾、雾中山里穿行,真可以把一切俗事抛在脑后了,身上的疲劳也真可以一洗而净了。所以,"冲"和"放"这两个动词,正是反映出作者此时此刻那种轻快的心情。

轻雾消散,只看到碧穗般的炊烟从树顶上笔直地升起;随着鞍马行程,泛起绿波的溪水从小桥下弯弯流过。这真是一幅充满意境的山村黎明图。这里的小桥流水人家与一般的小桥流水人家并不完全相同:因为是山区,林木茂密,掩蔽了房屋,所以诗人看到的炊烟是从树顶上升起的;前面的"重重叠叠山"已经写清了山势的盘曲,可以想见除了山路之外,越沟过涧,都要靠一座座的小桥了,溪迴涧转,水流是始终依傍着小桥的。这一联既有炊烟的"直",又有溪水的"弯",隐隐交出了"静"字,把清新而静谧的气氛和安闲而古朴的生活刻画得细致又传神。这样,作者的感觉除了原有的轻快之外,似乎又加上了神往。

前面六句，写足了山水相依的迷离多姿，得其迷茫，又显其清丽，但整个画面是无声的，马蹄踏在山径上的"得得"声和溪水淌过沟涧里的"淙淙"声，只能依靠我们在阅读中去感受。到了结尾两句，作者在这无声的秀美图景中加进了婉转滑利的禽语。迎着跨鞍而来的诗人，山林里的鸟儿引动歌喉，婉转歌唱；鸟儿的歌声好像是在欢迎客人的到来，对客人怀有深深的感情，又好像并没有什么含意。这个结束也应该说是妙笔：禽语的点缀，给整个画面增添了声色，同时也为引出作者的思绪提供了前提。如果明言鸟儿的歌唱是欢迎诗人，那就不但失于实，更失于俗；作者笔触轻灵而又不过于坐实；"似"字用得灵动婉约，把那种是实亦虚、虚实相生的意境描写得很深透。"无情有恨何人见？"（李贺《咏北园新竹》）确实，鸟儿们是真的有情还是出于无意，作者在迷醉山水之时，也有些神志惝恍，难以分清了。那么，这首诗的感染力，也因为这种既确定又不确定的审美感受，而显得大大地丰富了。

【补充说明】

范成大的风格很轻巧，这种风格在他的即景小诗里体现得尤为突出。试举两例如下："碧瓦楼前绣幕遮，赤栏桥外绿溪斜。无风杨柳漫天絮，不雨棠梨满地花"（《碧瓦》）；"南浦春来绿一川，石桥朱塔两依然。年年送客横塘路，细雨垂杨系画船"（《横塘》）。

示 三 子①

陈师道

去远即相忘,归近不可忍。儿女已在眼,眉目略不省②。喜极不得语,泪尽方一哂③。了知不是梦④,忽忽心未稳⑤。

【注释】
① 三子:指陈师道的一女二子。　② 略:全,都。省:识。　③ 哂:笑。　④ 了知:明知,清楚地知道。　⑤ 忽忽:心神不定的样子。稳:安稳,安定。

【作意】
这是记叙久别的一家团聚之初情景的诗,表现出作者喜极而悲、悲尽复喜的真挚感情。

【作法】
开头两句追叙和家人团聚以前的心情;中间四句从见面时的印象写到由于激动而引起的悲喜情绪;最后两句刻画相聚的心理状态,以简练的笔法写出了极为复杂的心理过程。

【鉴赏】
陈师道家境贫寒,连妻子儿女都无力抚养。元丰七年(1084),

他的岳父郭概为四川提刑,就把女儿和外孙一同带去。陈师道则因母亲年迈、妹妹待嫁而不能同行。元祐二年(1087),因苏轼等人的推荐,他得任徐州州学教授,才将妻子儿女接回。《示三子》就是这时写的。

开头两句追叙了和妻子儿女见面前的心情。因为妻子儿女走得很远,时间又比较长久,索性把心放下了。三年之前妻子儿女临行时,他曾写了《送内》,其中有"三岁不可道,白首以为期",当时妻子为了安慰他,告以三年之期,但他没有信心,总以为要到老才能聚首。但想不到三年以后竟然远道归来了,见面的日子愈近就愈挂心,实在是难以控制自己的感情。"去远即相忘"并不是真的"相忘",而是无可奈何和听其自然的情绪。作者结婚五年,就有三次与妻子分离(《送内》:"与子为夫妇,五年三别离"),其中尤以三年前妻子儿女一同远去蜀地最为辛酸。现在相聚就在眼前,"不可忍"一语中所蕴含的真情确实是很丰满的。

三、四两句是见面时的印象。分离三年多时间,各人的面貌都会有些变化,而孩子的变化尤其会更甚。分别时"大儿才学语""小儿襁褓间"(《别三子》),真是"何者最可怜,儿生未知父"(《送外舅郭大夫概西川提刑》)。现在儿女到了眼前,反而不认识了,既写出了分别的长久,又说明儿女都已经长高长大,还是一声深重而又不露痕迹的感叹。

五、六两句则在前面两句描写形象的基础上表现出情感的激动和变化。久别逾三年而重逢,又是最亲密的妻子和钟爱的儿女,那种兴奋和激动真是难以言表的,所以相顾无言,什么都说不出来了。这里的"喜极不得语"一方面是对此时此刻情感的表现,另一方面也是对二句中"不可忍"的渲染、加强和补充:"不可忍"的情感到了此时,不仅没有一下子爆发出来,反而表现为静静的"不得语",可见其深其厚。妻子儿女在四川时,作者曾写了一首《寄外舅郭大夫》表达对妻子儿女的问候,内中有"深知报消息,不忍问相知"句,意思是一方面极其盼望知道妻子儿女的讯息,另一方面又非常害怕会有不好的消息,因而犹豫再三,不敢启口向信使相问。对妻子儿女的这种牵挂与挚爱,正是"喜极不得语"的基础。既"不得语",也笑不出,倒反而先哭起来了。哭过之后才怪自己哭得不应该,收泪一笑。先哭后笑,破涕为笑,是人们在"喜极"时经常会出现的情况,似乎并没有什么特别的地方。但是对于陈师道来说,是在刹那之间唤起了过去的种种感情,那种久别重逢的欢愉和悲喜交集的矛盾,在顷刻之间表现为又哭又笑,是十分直率而又酣畅淋漓的。

最后两句描写的是欢聚时的心理状态:虽然很清楚地知道眼前的相会并不是在做梦,但心中依然恍恍惚惚,不能定下心来。为什么依然恍惚而不能定心,作者不明写,但读者却可以从全诗揣摩出来:一是作者亲子情深,时时盼望着见面,但是三年多的时间里除了神牵之外,实在是只有梦萦了;梦中相见,醒来的忧思和愁苦不知还要加重几多,失望真是太沉重了!二是说明这次重逢喜出望外,总觉得似梦非梦,又生怕还会是一场梦。这种久别重逢悲喜交集的心理,杜甫在《羌村三首》中曾经描写过:"夜阑更秉烛,相对如梦寐。"但陈师道有他自己的境遇和感受,所以从等待时"不可忍"写到见面后"心未稳",把浓烈的感情和复杂的心理过程刻画得层次井然,而骨肉情深、至情真切,也表现得相当细致而完美了。

【补充说明】

陈师道属于江西诗派,以"闭门觅句"的枯淡瘦硬风格著称。

但他写家庭离合悲欢的几首诗都情真意切、质朴浑厚、简劲沉郁，令人感动至深。关于他和妻子儿女的这场离别，他留下的诗还有《送外舅郭大夫概西川提刑》《送内》《别三子》《寄外舅郭大夫》等；其中如"父子各从母，可喜亦可悲。关河万里道，子去何当归？""身健何妨远？情亲未肯疏"等，都是集愁思、慰藉、叹喟等各种情感于一体的好诗句。

游 园 不 值①

叶绍翁

应怜屐齿印苍苔②,小扣柴扉久不开③。满园春色关不住,一枝红杏出墙来。

【注释】

① 不值:没有遇到。　② 怜:爱惜。屐齿:屐为木底鞋,屐齿为木底鞋下的两道高齿。苍苔:青苔。　③ 小扣:轻敲。柴扉:柴门。

【作意】

这首七绝写的是早春景色。作者抓住早春特点与重点,在写足春意中表现出欣喜的心情。

【作法】

诗的首二句写春游访友不遇,感情上未免有点惆怅;第三、四句笔锋转向出墙杏花,逗出新意,点出主题。

【鉴赏】

早春的一天,作者穿着木屐,去游春访友。他的心情是喜悦的,心里可惜着那青青的苔藓被木屐踏破了。他轻轻地扣敲着朋友家的柴门,久久不见有人来开门。这就是这首小诗前两句描写的景象。这两句告诉我们一些什么信息呢?

作者穿着木屐去拜访朋友,说明天阴多雨,道路泥泞,所以穿上用于踏泥的木底鞋,这从有苍苔生成亦可得到佐证。同时,也说明他和这位朋友是很相知、很随便的,不然,哪里会这样随随便便地登别人的门呢?他的心情相当好,所以连对木屐踩破了苔藓也觉得可惜,心中升起一阵怜意。至于那位朋友,一定是位爱清静的隐者,所以作者敲门是轻轻的,唯恐惊动了主人的安闲。但是乘兴而来,却没有见到要拜访的人,遗憾和惆怅的感觉涌上心头,是不消说的了。

三、四两句不再续接这个话题,而是笔锋一转,从出墙的红杏上生出新意:作者忽然抬头,见到一枝纯红的杏花已经伸出墙外,似乎正在向他招手。正在扫兴而徘徊不定之际的诗人顿时心扉大开,欣喜不已。他观赏着那枝红杏,愉快地自言自语说道:这满园的春色到底是关不住啊!诗人的喜悦心理和喜形于色的情态,此时跃然如见。如果诗人的那位老朋友在场,他是一定会对那位老朋友调侃几句的:你原想把春光关在家里独自欣赏,大概料不到这枝红杏早就把春光泄露给我了吧!从首二句蕴藏的遗憾、惆怅转向三四句蕴藏的喜悦、快乐,作者采用的是先抑后扬的手法,衔接、转折应该说是相当巧妙和高明的。

"满园春色关不住,一枝红杏出墙来"的诗意并不是叶绍翁的首创。唐代吴融有"一枝红杏出墙头,墙外行人还独愁"(《途中见杏花》)和"独照影时临水畔,最含情处出墙头"(《杏花》),温庭筠的《杏花》诗中有"杳杳艳歌春日舞,出墙何处隔朱门",宋代张良臣有"一段为春藏不住,粉墙斜露杏花梢"(《雪窗小集·偶题》),等等。陆游最反对懒于创新,他认为"文章最忌百家衣"(《次韵和杨伯子主簿见赠》)。他的《马上作》是这样写的:"平桥小陌雨初收,淡日穿云翠霭浮;杨柳不遮春色断,一枝红杏出墙头。"虽然要比一般人化得好,但套用吴融词句的痕迹仍然是很明显的。而叶绍翁的两句诗之所以会成为千古流传、令人交口称誉的名句,就在于他在屡见不鲜的诗句中翻造出新:他写园的一角,比陆游取景小而含意深;在"出墙来"的前面加上了"关不住",正是这个"关"字突出了春意的活跃,使与"关"字相应的"出"字更有精神;以"满园春色"和"一枝红杏"作整体与局部的对比,把春光洋溢、春意盎然的境界大大地突出了。袭故而弥新,可谓上品。《游园不值》的这两句是无愧于上品之称的。

【补充说明】

叶绍翁是"江湖派"诗人,七绝写得很漂亮。他的《田家三咏》之三是这样写的:"抱儿更送田头饭,画鬓浓调灶额烟;争信春风红袖女,绿杨庭院正秋千。"后两句的意思是说富贵人家妇女的有闲生活,农家妇女不但没见过,而且听人讲了也还不能相信。这一诗意前人也写过,如白居易的《代卖薪女赠诸妓》有"乱蓬为鬓布为巾,晓踏寒山自负薪;一种钱塘江上女,著红骑马是何人!"苏轼的《於潜女》有"青裙缟袂於潜女,两足如霜不穿履……逢郎樵归相妩媚,不信姬姜有齐鲁"。今人钱钟书认为叶诗比白诗深刻,比苏诗醒豁,这或许就是叶诗的成功之处。

暖风熏得游人醉

直把杭州作汴州

——讽　刺

村　豪

梅尧臣

日击收田鼓①，时称大有年②。烂倾新酿酒③，包载下江船④。女髻银钗满，童袍毳毦鲜⑤。里胥休借问⑥，不信有官权。

【注释】

①日：天天。收田鼓：秋收时击打起来召集佃农下地劳动的鼓。　②时称：时常说，总是说。大有年：丰年。　③烂倾：乱倒，无节制地倒出来。　④包载：包定作为装运之用。　⑤毳：细软的皮毛。毦：细棉布。鲜，有光彩。　⑥里胥：地保之类的小公差。

【作意】

这首诗是揭露乡村地主横行霸道的。农民们辛勤劳作了一年，果实都被地主掠夺了。这些人势力很大，连官府都不能干涉他们。

【作法】

全诗白描，用朴素平易的语言勾勒出地主的骄奢横厉。同时，作者抓住了具有特征性的一些事物作为特写，使全诗的形象显得相当鲜明，因而也就更具有说服力。

【鉴赏】

　　秋收的时节到了，村豪们敲打起鼓，催促佃农们下地收割。监督着别人下地劳动，他们还不时在得意扬扬地说："今年是大有的丰年。"诗的开头两句平铺直叙入笔，看起来很平淡，实际上却有很深的含义：既暗示着这些村豪们田地之多，盘剥之重，也揭示了他们在大量掠夺时的虚伪面目。

　　在"大有年"之前，村豪们过着什么样的生活呢？接下来的四句很形象地描绘出他们穷奢极欲的生活：用粮食新酿的美酒被毫无节制地倾倒出来，供这些人滥吃滥喝，他们包定的运粮船正满载着谷物，村豪们家中的妇女，头上的发髻都插满了银钗，儿童的衣袍全都是鲜艳的毛皮和细布制成。这两联是很好的对仗，抓住了可以反映一般情况的重点现象写得很足，从而把全面衬托得相当完整：妇女和儿童的穿着尚且如此，村豪本人的情况就可想而知了。而且，这还是一种反衬：村豪们不劳而获，花天酒地，那么，那些被"日击收田鼓"催迫着下地的农民们生活如何呢？不写也可以想见了。

　　村豪们奢侈如此，有没有人可以管一管他们呢？诗的结尾结得很妙：公差们也不要去过问他们了，他们从来就是不把地方官的权力放在眼里的。岂但是奢侈，而且是不可一世的骄横了！诗人曾经担任过好些地方的地方官，对社会的现实和百姓的疾苦有切实的了解，对贫富不均和苦乐悬殊的社会现象也是痛恨的。这首诗中最后两句从侧面的描写，就把诗人的感慨、愤懑和沉痛，都淋漓尽致地叹息了出来。

【补充说明】

　　梅尧臣为了反对"西昆体"脱离现实，注重形式的倾向，主张"平淡",在当时有较大的影响。《村豪》从村豪们不劳而获、穷奢极欲的生活反衬出在他们压榨下农民的痛苦。而这种痛苦,在《田家语》里则是直接的披露。如:"春税秋未足!里胥扣我门,日夕苦煎促";"盛夏流潦多,白水高于屋。水既害我菽,蝗又食我粟";"三丁籍一壮,恶使操弓韣";"搜索稚与艾,唯存跛无目";"南亩焉可事?买箭卖牛犊";"愁气变久雨,铛缶空无粥。盲跛不能耕,死亡在迟速"。

题临安邸①

林 升

山外青山楼外楼,西湖歌舞几时休?暖风熏得游人醉②,直把杭州作汴州③!

【注释】

① 临安:今浙江杭州。宋室南渡,在这里建都。邸:旅店。 ② 暖风:温暖的春风;此处这两字语意双关,借以形容那种珠光酒气。 ③ 直:简直。汴州:北宋的首都汴京,今河南开封。

【作意】

作者的生平不详,《宋诗纪事》说他是宋孝宗淳熙年间(1174—1189)的士人。从诗题看,他是偶然来到京都的;从内容看,这首"墙头诗"是充满着讽刺意味的。

【作法】

短短四句,以景寓情,情中有景;用把西湖的美丽和繁华渲染足的手法来反衬出作者的愤怒与忧虑,效果比平铺直叙要强烈得多了。

【鉴赏】

宋孝宗淳熙年间(1174—1189)是宋金订立"隆兴和议"后南北相

持的时期,南宋政权处于比较稳定的局面。从高宗建都临安至今已经将近半个世纪,官僚贵族、富商大贾追随着最高统治者在这"人间天堂"大兴土木,苦心经营起一个足以满足他们花天酒地生活的安乐窝。诗人的笔触就是从这"人间天堂"的景开始的。

青山之外又有青山,楼台之外又有楼台,层层叠叠,好一派胜景!楼台内外,歌声舞影,通宵达旦,真个是升平气象!一个楼台,一个歌舞,就把西湖(其实是整个临安)的美丽、奢华写尽写透了。然而就在这写尽写透之时,作者笔锋一转,问出一声"几时休?"来,这声"几时休?"看似平和、含蓄,实际上却沉重而有力。这里有对当权统治者的不满、愤怒和失望,有对朱门权贵们纸醉金迷、醺歌艳舞生活的质问,也有对国家命运、前途的忧虑和感叹。让人在思忖之后感到一种震颤。在语意双关的"暖风"之后,作者抓住了"熏"和"醉"这两个字,用得相当巧妙。那些醉生梦死的"游人"们在绮罗香泽之中如痴如迷、如醉如狂,已经全然忘记了中原的失地和人民,竟把杭州当成了汴州,以为这就是他们永久的乐园了,这是何等辛辣的讽刺和严厉的斥责!如果我们再想得深一些,后两句或许还包含着这样一层意思:对于到西湖游玩的普通游客来说,那里的珠光酒气和靡曼歌舞也把人"熏"得头昏脑涨。在他们眼中,此时的杭州和当年倾覆前夕的汴京太相像了;统治者们乐不思蜀,将使杭州也步汴京的后尘。这真会是一个大悲剧啊!整首诗平易自然、明白如话,却通过形象化的描写把事实显示得清清楚楚,因而魅力也是独特的。

【补充说明】

和本诗相类似的有南宋无名氏的《题壁》:"白塔桥边卖地经,长亭短驿最分明。如何只说临安路,不较中原有几程!"诗人抓住去临安者往往要买一份标明沿途驿站的《朝京里程图》这一现象,对去临安追名逐利者进行了讽刺,更对在临安苟且偷安,把收复中原抛在脑后的统治者进行了鞭挞。两诗都是寓大于小,把重大的主题容纳在细小的、普通的现象之中,增加了诗本身的吸引力。

苦 寒 行

刘克庄

十月边头风色恶①,官军身上衣裘薄②。押衣敕使来不来③?夜长甲冷睡难着④。长安城中多热官⑤,朱门日高未启关⑥。重重帏箔施屏山⑦,中酒不知屏外寒⑧。

【注释】

① 边头:边疆,边地。风色恶:指气候恶劣。 ② 裘:皮衣服。 ③ 押衣敕使:督运发放军衣的官员。敕,是皇帝的命令或诏书。称敕使,强调是直接奉皇帝命令而出差办事的官员。 ④ 甲:古代军人穿的皮和铁片制成的护身衣。 ⑤ 长安:今陕西西安,汉唐京城,此处借指南宋国都临安(今浙江杭州)。热官:有权有势的大官。 ⑥ 朱门:红漆大门,指富贵人家。关:门闩。启关:抽开门闩。 ⑦ 帏:幕布。箔:竹帘。屏山:屏风。 ⑧ 中酒:吃醉了酒。中字在此处读去声。

【作意】

这是一首边塞诗,反映出南宋后期边防危机,也揭露了当权者们的腐败。

【作法】

前四句写边疆士卒的生活，后四句写京城大官的生活，两相对比，无须再作评论，诗人的爱憎褒贬已非常清楚。

【鉴赏】

南宋后期，统治集团大部分人已习惯于偏安。他们苟且偷生，得过且过，甚至连关系国家存亡的边防问题也不放在心上。刘克庄的这首诗正是对这种现象的揭露和谴责。《苦寒行》是乐府旧题，属《相和歌·清调曲》，作者以旧题作新辞，诗意有所创新。

"十月边头风色恶，官军身上衣裘薄"，起首两句便切和诗题，浓笔把"苦寒"的情况描画出来。边疆气候恶劣，到了十月份已经很冷了，而驻守的兵士却仍然衣服单薄。冬天来临，给士兵更换冬装是朝廷的责任。所以第三、四句是苦寒士兵的想法：押送军服的官员还来不来？边疆寒夜漫漫，铁甲彻骨，我们被冻得晚上都睡不着觉了。问"押衣敕使来不来？"是把"衣裘薄""睡难着"的问题与朝廷、皇帝联系起来了。正是朝廷失责，才造成了士兵的苦寒；战士冻得受不了，一旦有敌情，怎么去打仗呢？士兵为国家保卫边疆，国家却不关心士兵的生活。问"来不来？"还有另一层意思：士兵们盼望寒衣早日送到，但因为腐败已为众所周知，所以，他们对能否送来都产生了怀疑。问题确实很严重，处于这种状态下的军队连自保都很危险，哪里还谈得上抵御强敌？

诗的后四句突然笔锋一转，从边疆转到京城。转变的前后联系在"押衣敕使"。他一直不来，到底在哪里呢？让我们随着诗人的笔，越过山水关隘，来到京城看看。真是不看不知道，一看方明了。京城临安的大官，太阳升得很高了，还大门紧闭，高卧未起。层层幕帘和屏风把他们和外界的寒冷隔开,再加上酒醉饭饱,他们怎么会知道外面的冷呢？押衣敕使不来的谜底揭开了。原来京城中有权有势的大官们养尊处优,过着纸醉金迷的生活,早已把在边疆寒风中守土卫国的战士抛在九霄云外了。"热官"在此处是双关语：既是指有权有势、地位显要的官,又兼指住在深宅大院、不知道寒冷的官。一方面是苦寒的"官军",一方面是醉酒的"热官"；一方面是"夜长甲冷睡难着",一方面是"朱门日高未启关"。作者在列出这两种截然不同的现象以后,既不发表评论,也不生出感叹,把所有的余地都留给了读者。读者可以在这种鲜明的对照和强烈的反差中去咀嚼其内在的联系,从而得出自己的结论。而这结论,和诗人在不言中的爱憎,一定是不会相异的。

【补充说明】

　　刘克庄的诗风雄伟豪放,又很能反映现实,但有些作品用典太多,颇受文坛批评。据说他事先将搜集的典故成语分门别类作好对偶,编成一册,作诗时左旋右抽,用之不尽。这样做固然方便实用,但也害了他自己,使他过于注重对偶、用典,作茧自缚,一些诗作显得生硬晦涩。

悲愁天地白日昏
路旁过者无颜色

——怨　苦

汝坟贫女①

梅尧臣

时再点弓手②,老幼俱集。大雨甚寒,道死者百余人,自壤河至昆阳老牛陂③,僵尸相继。

汝坟贫家女,行哭音凄怆④。自言有老父,孤独无丁壮。郡吏来何暴⑤,县官不敢抗。督遣勿稽留⑥,龙钟去携杖⑦。勤勤嘱四邻⑧,幸愿相依傍⑨。适闻闾里归⑩,问讯疑犹强⑪。果然寒雨中,僵死壤河上,弱质无以托⑫,横尸无以葬⑬。生女不如男,虽存何所当⑭!拊膺呼苍天,生死将奈向?⑮

【注释】

① 汝坟:河南汝河岸边。汝河在河南省中部,流经襄城。坟为隆起之地。　② 弓手:宋代"乡兵"名号。宋代兵制,除正规的禁军、厢军外,还有"乡兵",抽丁以不同地区而异;有各种名号,如"保毅""忠顺""强人弓手""弓箭手"等。　③ 壤河:疑即瀼河,在今河南鲁山县西南。昆阳:古县名。今为河南叶县。　④ 行哭:边走边哭。　⑤ 何暴:多么凶恶。　⑥ 督遣:督促遣送。稽留:停留。　⑦ 龙钟:行动迟缓的老态。去携杖:"携杖去"的倒文;携杖而去。　⑧ 勤勤:殷勤。　⑨ 幸愿:恳请之词。　⑩ 适:刚才。闾里:乡里。此处指同乡人。　⑪ 疑:怀疑。强:勉强。　⑫ 弱质:衰弱的体质。贫女自指。　⑬ 横

尸：指死去的老父。　⑭何所当：有什么用处。　⑮奈向：宋时俗语，即奈何。

【作意】

《汝坟》原为《诗·周南》中诗题，那首诗以妇女的口气诉说乱世中妇女的哀怨。诗人借用此题，所写的叙事诗，以北宋朝廷滥征乡兵为题材，叙写了贫家父女的悲惨遭遇。

【作法】

全诗二十句，除开头两句写作者眼前所见的一位边哭边行的贫女外，其余十八句均用贫女的口吻叙述这一悲惨事件的经过。诗人把大雨酷寒、点集老幼、僵尸相继的场面写为小序，选择贫女与老父生离死别的典型情节组成诗篇。语言是朴素的，所刻画的人物形象则是生动的。

【鉴赏】

宋仁宗康定元年（1040），西夏出兵攻宋。朝廷征兵，仓促应战。作者当时任河南襄城县令，这首诗作于是年，和另一首《田家语》是姊妹篇。

开篇两句入题。汝河边上，一位贫家女子正在边走边哭。从她那凄怆的哭声里，引入了那个悲惨的故事。下面十八句分为三段。从"自言"起到"幸愿相依傍"是第一段。贫女家中孤苦，除了年迈的父亲外再没有其他丁壮了。郡吏征集弓手，凶恶地强迫老父应征。县官虽然知道实情，但也不敢违抗。郡吏督促乡兵马上出发，不许停留，龙钟的老父亲也被逼扶着手杖上路了。临行之际，贫女不断诚挚地嘱托一同被征调入伍的邻人,恳请他们照顾她的老父。

"适闻"起四句是第二段。老父出征之后,贫女听说有同乡从戍地归来。虽然她对年迈的父亲是否活着有怀疑,但还是勉强去向乡人打听消息。果然,老父已经在寒雨中僵冻而死,露尸在襄河边上。

第三段为最后六句。由于老父惨死,贫女失去了生活的依托;父亲惨死异乡,死后连葬身之地也没有。自己是个女儿,不如男子,虽然活在世界上,又有什么用!只好捶胸痛哭,呼唤老天爷:以后是活下去,还是一死了事呢?

作者写此诗,只以质朴的语言叙写,并不加以夸张和渲染,反而使读者对整个事件的发生、经过与结果有历历在目的感觉。虽是叙事,但作者很注意对人物形象的刻画:凶暴的郡吏,听命的县官,龙钟的老父,柔弱的贫女,言行声貌都栩栩如生地表现出来。被诗人借用诗题的《诗·周南·汝坟》,结尾处用妇女的口吻唱道:鲂鱼累红了尾巴,官差像火一般热辣;纵然像火一般热辣,父母在身旁很近啦!说丈夫虽然供役在外,但离得很近的父母依然可以依靠。但本诗中的贫女的命运却要悲惨得多。诗人也正是通过这样一个典型,反映了人民的深重苦难。

【补充说明】

梅尧臣对人民的疾苦体会是很深的。他的同情之笔不仅写了农民,也写了手工业者。许多选本都选入的《陶者》就是一首有代表性的诗:"陶尽门前土,屋上无片瓦。十指不沾泥,鳞鳞居大厦。"从这首诗也可以看出他用字朴素的特点。

君　难　托①

王安石

槿花朝开暮还坠②,妾身与花宁独异③? 忆昔相逢俱少年④,两情未许谁最先⑤。感君绸缪逐君去⑥,成君家计良辛苦⑦。人事反复那能知⑧? 谗言入耳须臾离⑨。嫁时罗衣羞更著⑩,如今始悟君难托⑪。君难托,妾亦不忘旧时约⑫。

【注释】

① 君难托:很难把什么托付于你,意思是你很靠不住。　② 槿花:锦葵科植物。早上开花,晚上就萎谢了。所以古代文人多用来比喻夫妇之间不能长久的爱情。还:就。坠:滑落下来。　③ 妾身:古代妇女的自我谦称,一般在对男子说话时用。宁:岂,难道。独:表示反问,相当于"难道"。　④ 昔:过去,从前。俱:都是。　⑤ 未许:没有肯定的答案,没有定论。先:此处指感情冝深。　⑥ 绸缪:缠绕,这里形容感情融洽。逐君去:跟随你去。　⑦ 良:实在。　⑧ 人事:人情。反复:事情变化多端。那:同"哪"。　⑨ 须臾:片刻,一会儿。　⑩ 更著:再穿。　⑪ 悟:醒悟,明白过来。　⑫ 旧时约:从前的誓约。

【作意】

这是一首怨苦诗,反映弃妇的痛苦和悲伤,对负心汉也表示出鄙视。

【作法】

全篇通过弃妇独白，写出她爱情与婚姻的悲剧。前两句起兴，以花比人，接着两句描述年少时爱情，又以四句写婚变，最后四句写自己的思想和感情。全诗通晓易懂，平易近人，有乐府民歌的风格。

【鉴赏】

王安石的写景诗、咏史诗和政治诗较多，而像此篇弃妇词一类的作品并不多见。古代诗人常以夫妇关系来比拟君臣关系，或许这首诗也可看作是一首政治诗。

诗的起首两句采用传统的比兴手法，以朝开暮坠的槿花来比喻弃妇。她和槿花的命运难道有什么区别？用反问来加强语气，实际是作出毫无区别的肯定回答。"忆昔"是回忆往事，记得我们刚相识时，都还年轻，相互爱慕，也不知是谁先吐露出爱情。实际上，两人的爱情简直是分不出高下的。这种回忆是甜蜜的，少男少女最痴情，那个负心汉在当时确实曾真心爱过她。正因为被他缠绵的情意所感动，她才决心跟随他去，把自己的终身托付给他。"君难托"的主题，到此交代了"托"的经过，以下再展示"难"。第一难是"成君家计良辛苦"。婚后当了家庭主妇，要操持好他这个家的生活实在很辛苦。想象得出，这一家也许上有不太好伺候的公婆，下有爱挑剔生事的叔姑，众口难调，左右为难。第二难是"人事反复那能知"。人情变化得很厉害，说变就变，翻脸成仇。这里既指说男方的亲属，也是说她的丈夫。前者是说坏话，进谗言的人，后者是听信谗言而变心的人。"谗言入耳须臾离"既是对进谗者的谴责，也是对轻易听信谗言的丈夫的怨恨。"须臾离"形容丈夫离弃她的突然,事起仓促,顷刻之间便把自己抛弃,她毫无思想准备。婚变之后,她成了受害人。

对这一遭遇,女主人公有什么想法?"嫁时罗衣羞更著,如今始悟君难托。"在那样的社会,一个妇女被丈夫抛弃总是一件让人感到羞愧的事,哪怕她毫无过错。要重新穿上娘家带来的出嫁服装回去,真是脸上无光,此时此刻她才醒悟到她把终身托错了人,这个负心汉是多么靠不住啊!全诗至此,应当说是叙事已毕,主题已出,意境已尽,可以结束了。但作者再加两句表白来作结尾:"君难托,妾亦不忘旧时约。"尽管明白了"君难托",但那段痴情,那种忠于爱情的品性仍不改变,因为我仍然不能忘掉从前发过的爱情誓约,我还是信守旧时之约,忠诚如初。这样,女主人公的人品与性格被突出了,她的善良情操更反衬出那负心汉的可耻卑劣,而那种被遗弃的痛苦和怨恨之情也就表现得格外强烈了。

【补充说明】

王安石的这首诗据说是他晚年所作,与辞相求退有关。但如果是以夫妇比拟君臣,拿皇帝比作负心汉,恐怕没有这么大的胆。但是诗中表现出的怨情不无政治色彩。他的另一首诗《独山桃花》中有这样两句:"美人零落依草木,志士憔悴守蒿蓬",可以看出这位政治改革家的忧伤甚重。

青墩溪畔龙钟客
独立东风看牡丹
　　——感　伤

明 妃 曲①

王安石

明妃初出汉宫时②,泪湿春风鬓脚垂③。低徊顾影无颜色,尚得君王不自持④。归来却怪丹青手⑤,入眼平生几曾有⑥?意态由来画不成⑦,当时枉杀毛延寿⑧。一去心知更不归,可怜着尽汉宫衣。寄声欲问塞南事⑨,只有年年鸿雁飞。家人万里传消息,好在毡城莫相忆⑩。君不见咫尺长门闭阿娇⑪,人生失意无南北⑫!

【注释】

① 明妃曲:为乐府旧题;《乐府诗集》归于《相和歌辞·吟叹曲》。② 明妃:即王嫱,字昭君。晋时因避司马昭讳,改称明君。是汉元帝时掖庭宫女。 ③ 春风:指年轻女子的面庞。语出杜甫咏昭君的《咏怀古迹》,内有"画图省识春风面"句。鬓脚:两鬓下垂的头发。 ④ 尚得:还能引得。不自持:禁不住心动。 ⑤ 丹青手:画师。此处指为明妃画像的毛延寿。 ⑥ 几曾:一作"未曾"。 ⑦ 意态:神情和姿态。由来:从来。 ⑧ 枉杀:冤枉杀掉。 ⑨ 塞南:塞北为胡地,塞南为汉地。此处指汉庭及家乡所在。 ⑩ 毡城:匈奴为游牧民族,住毡帐。此处指匈奴单于的君所。 ⑪ 阿娇:汉武帝时陈皇后的小名。她失宠后被贬居长门宫。闭:幽闭,禁闭。咫尺:形容相

去甚近。周代八寸为咫。　⑫ 无：不论，不分。

【作意】

　　这首以乐府旧题所作的叙事诗，以昭君远嫁为主题，不袭前人，托古喻今，借美人之生平，伤才士之遭遇，抒发了知音难觅和有志难展的感叹。

【作法】

　　全诗十六句，每四句是一个部分。首先以纪实的笔触记叙了明妃赴匈奴和亲离开汉宫的情景，进而写了明妃走后汉宫的情景和诗人对此的议论，第三部分描述了远嫁塞北的明妃的孤寂以及对故乡的思念，最后以家人劝慰明妃的口吻点出了全诗的主旨。这首诗夹叙夹议，显示出较为典型的宋诗特点。

【鉴赏】

　　这首诗作于宋仁宗嘉祐四年（1058）。前一年，王安石给仁宗上万言书，主张变更法度，改变北宋王朝积贫积弱的局面。他还写了批评朝廷不重用人才的《材论》，大意是：古代人君懂得重用人才的道理，于是仔细地衡量和使用人才；后世的人君不懂得重用人才的道理，却说天下没有人才，这是不动脑筋，不愿思考的说法。联系到这样的背景，也许可以帮助我们更好地理解《明妃曲》的内涵。

　　开篇四句，通过形象化的白描写出了明妃离宫的一幕：明妃走出汉宫要远赴匈奴和亲的时候，泪水流满脸庞，耳边的头发低垂下来；她低头徘徊，留恋再三而不愿离去；即使面容是忧愁而悲戚的，还是能引得君王心动，难以自持。这四句使用了欲扬先抑的手法：作者先写她泪痕满面、云鬟散乱,写她因为心绪烦乱而"无颜色",照说这样的容貌是很不堪的了,然而不,就是此时此情此貌的明妃,"尚得君王不自持",这就从侧面的角度把明妃的美丽动人烘托出来了。同时,"不自持"也刻画了君王——汉元帝的形象。明妃远嫁离宫的一刻,虽然是悲悲戚戚的,但终究是朝廷的一件大事。君王在这样的时刻都不能自持,可见其品性。这也为下文的叙述和议论打下了基础。

明妃走了,君王回到宫中,就责怪起画师毛延寿来了:我看到那么多后宫嫔妃的画图,像明妃这样美丽的容貌什么时候见到过?作者在这里发表自己的看法说:像明妃那样的神情和姿态,从来就不是画笔所能够表现出来的;当时为这件事把毛延寿给杀了,可实在是有些冤枉。汉元帝为明妃的美色所惊,一怒之下杀了毛延寿,以及作者认为明妃的美并不是图画可以完全描绘的这样两个事实,实际上是第一部分所写明妃之美的进一步加强。君王为美女杀人,其美可知;作者也并非为毛延寿开脱,而在于用诗笔遗貌取神出色地表现了美女的神情意态。

关于汉元帝杀毛延寿,最早见于南朝梁代吴均的《西京杂记》。汉元帝因为嫔妃甚多,不能尽见,于是先由画师画像,元帝再根据画图召幸。毛延寿乘机勒索。自恃貌美的明妃不肯行贿,结果被毛延寿在画图上丑化,失去了被召见的机会。一直到她被遣去匈奴和亲时,元帝才发现她的美貌实际上是后宫第一,但是已经来不及了。追查之下,毛延寿送掉了性命。这是一个虚构的故事,《西京杂记》的作者其实是有感于其时士人的怀才不遇而杜撰的。本诗的作者毫无疑问也有这样的感触,所以借用了这个故事来加以发挥和议论。

第三部分四句又是纯粹的记叙。远行的明妃心里明白,这一走就再也不能回来了。在匈奴生活多年,可怜她把从汉朝带去的衣服都穿完了。她心里对塞南家乡的思念是理不清、割不断的,但是要想知道家乡的消息,每年只能依靠秋去春来的大雁了。这四句写得凄凉动人:"心知""不归"已经是一片凄苦,更何况这不是一年两年,而是汉衣"着尽"那么漫长的时间!"可怜着尽汉宫衣"是点睛妙笔。它一说明时间之长:明妃是去匈奴当王后的,所带衣物不会少量,大批的衣服被"着尽"了,时间还会短吗?二说明明妃对故国思恋之深:身为匈奴王后,却不着胡服而穿汉衣,而且是始终穿汉衣的,心系故乡,可想而知。同时也为下句的"寄声欲问塞南事"作了铺垫。至于希望得到家乡的消息,只能抬头仰望从南方飞北的大雁,从它们身上得到一点慰藉,这就比前面的"可怜着尽汉宫衣"更可怜了。远居塞北的明妃,其凄苦的生活,孤寂的心境,被作者渲染到了顶点。

　　如果仅仅是到此为止,那恐怕和自汉代以来"怜昭君远嫁"的传统主题就没有什么区别了。诗人在最后部分笔锋一转,借家人之口向昭君慰藉,对"寄声欲问塞南事"作了回答:希望你在北方好好地生活,不要想念故乡和家人。你知道陈阿娇的故事吗?她失宠后被禁闭在长门宫,离皇帝只有咫尺之地。可见对于一个不得意的人来说,无论是远居塞北毡城,还是留居塞南汉宫,都是一样悲惨啊!前人都以昭君远嫁为不幸,王安石却认为问题并不在于地域的远近,而在于是否真正相知。这就比以前所有的《明妃曲》都高出一筹了。这种力破陈言的新论,使欧阳修、刘敞、司马光等前辈名家都为之倾倒,竞相唱和。

　　可以认为,诗人正是通过明妃这个美艳动人而又凄凉哀怨的失意佳人形象,抒发了自己怀才不遇的感慨。他的万言书《上仁宗皇帝言事书》被暮气已深的仁宗搁置不行,自然要生出"人生失意无南北"

的叹息了。

【补充说明】

　　王安石的这首《明妃曲》不落古人窠臼,是最大的成功,且对后世影响颇大。曹雪芹在《红楼梦》第六十四回中借薛宝钗之口,谈到了这首诗以及欧阳修的《明妃曲》:"做诗不论何题,只要善翻古人之意。若要随人脚踪走去,纵使字句精工,已落第二义,究竟算不得好诗。即如前人所咏昭君之诗甚多,有悲挽昭君的,有怨恨延寿的,又有讥汉帝不能使画工图貌贤臣而画美人的,纷纷不一。后人王荆公复有'意态由来画不成,当时枉杀毛延寿',永叔有'耳目所见尚如此,万里安能制夷狄',二诗俱能各出己见,不袭前人。"

牡　丹

陈与义

一自胡尘入汉关①，十年伊洛路漫漫②。青墩溪畔龙钟客③，独立东风看牡丹。

【注释】

① 一自：自从。　② 伊洛：伊水和洛水。两水皆流经洛阳，此处代指洛阳。　③ 青墩：镇名。在今浙江桐乡北。龙钟：老态。此处"龙钟客"是诗人自指。

【作意】

这首咏物诗以咏牡丹为名，寄托了作者对沦陷于敌人铁蹄下的故乡的怀念以及对入侵者的仇恨。

【作法】

全诗从回忆下笔，从亡国伤情写到怀归之意，最后收笔于绝望之际，把沉痛、伤感的情绪全部倾注于四句之中。

【鉴赏】

这首诗作于高宗绍兴六年(1136)。作者当时因病告退，住在青墩镇。他是洛阳人，见过牡丹盛开时全城狂欢的北宋升平时期的风光。经历了惨痛的"靖康之变"后，诗人避乱南奔。今天，忽然在异乡

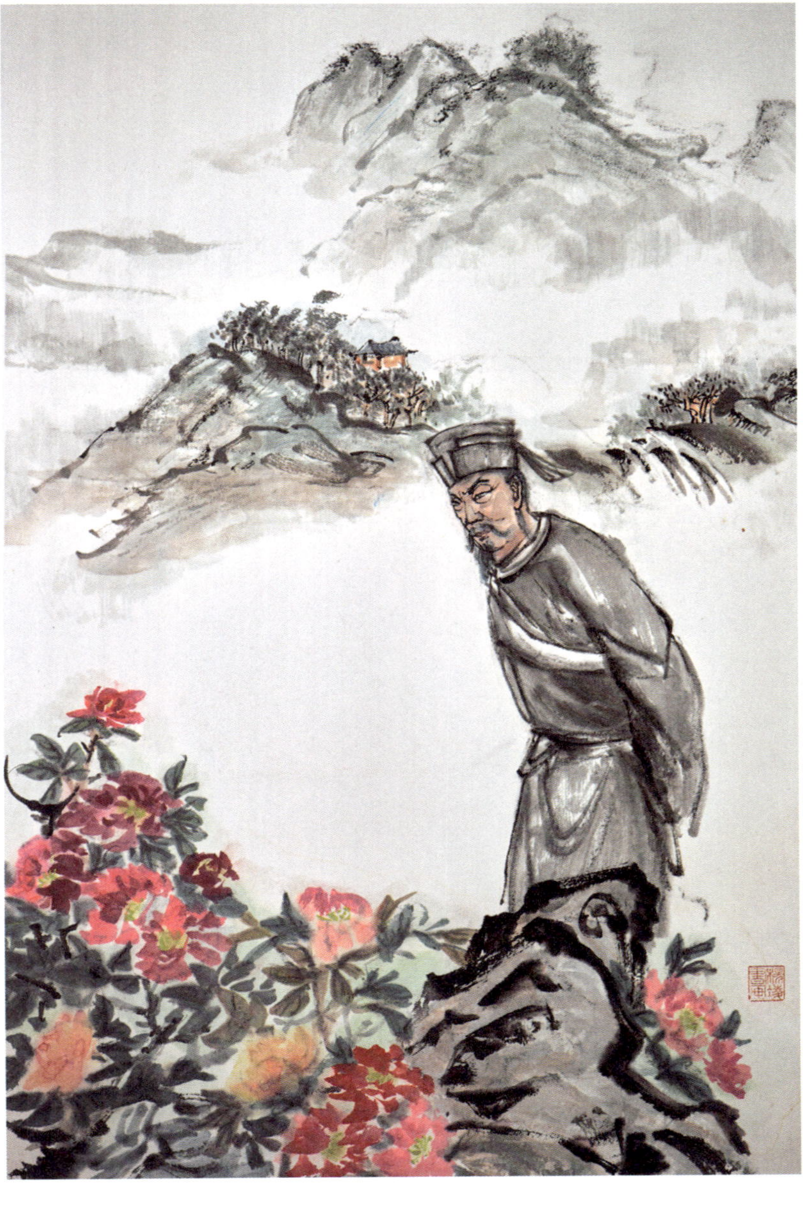

见到了故乡的名花,感慨何止万千!

首句是回顾往事,记载的是靖康元年(1126)金兵攻陷北宋都城汴京,次年掳徽钦二帝北走,北宋灭亡的史事。作者从那时起便南下,掐指一算,至今已经整整十年了。"伊洛"在这里既是作者家乡洛阳的指称,又是已经灭亡的北宋故国的暗喻。十年时间,在平坦的人生旅途中是瞬息易过的,但是对于经历了国破家亡巨变的诗人来说,却是难以承受的漫长痛苦。"路漫漫"可以理解为南下十年来流离颠沛,因为亡国而心绪始终不能安定;也可以理解为家乡沦陷十年,在金人铁骑的践踏蹂躏下,父老乡亲悲惨的生活难挨;还可以理解为虽然有心思归,但是恢复无期,前面的道路漫长遥远,看不见什么希望。不管作何种理解,诗人的忧国伤时的感情是真挚、沉重而又强烈的。

第三句是自叙现状,语调较之前两句平稳。"青墩溪畔龙钟客",既交代了现在闲居的住地,又说清了自己目前的身体状况。这一句和第二句是相承的,很明显地受到唐代岑参《逢入京使》中"故园东望路漫漫,双袖龙钟泪不干"的影响。但岑参是在远赴西域去担任安西节度使高仙芝的幕府书记的路上遇见一个老相识,想请他捎信回家时写下这首诗的,而陈与义却是在家乡沦陷,欲归不能的状态下作诗的,同是"路漫漫",同是"龙钟",内涵实在有天地之殊。

平叙身世之后,以"独立东风看牡丹"收束全诗,似乎有点不尽意。但这首诗最妙之处就在这尾句的含蓄。你看:诗人站在东风里观赏着盛开的牡丹花,岂不是一幅很悠闲、很有情致的赏花图吗?但是不要忘记,赏花的是"独立"的"龙钟客"——"独立"说明了他的孤单和冷寂。在异乡的南方看到家乡的名花,真让他花前立久,不忍离去。诗人哪里是在赏花,故国之思和身世之叹全都凝注在这勾起他一切联想的名花身上,他正要对花溅泪,凄然欲哭呢!岑参明写了

"泪不干",陈与义却只是"独立"而无语,苍凉悲怆尽在不言之中。作者这一年才四十七岁,已经自叹"龙钟",一方面固然是因为体弱多病,另一方面应该说是觉得无望再归故土,因此看牡丹而兴悲。两年之后,他果然因为忧伤而去世了。

【补充说明】

陈与义出身世家,是南渡初最负盛名的诗人。他的咏花诗常常是托物寄情。除了这首《牡丹》之外,随手还可以举出的有:"海棠不惜胭脂色,独立蒙蒙细雨中"(《春寒》),"燕子不禁连夜雨,海棠犹待老夫诗"(《雨中对酒庭下海棠经雨不谢》),"巧画无盐丑不除,此花风韵更清姝""相逢京洛浑依旧,唯恨缁尘染素衣"(《和张矩臣水墨梅》),"青帨纷委地,独立东风时""谁知园中客,能赋《会真诗》"(《咏水仙花五韵》)。用自己喜爱的花来象征志趣高洁的人物,表现自己孤傲的品格,可以说是他的咏花诗的一个特色。

州　　桥

范成大

州桥南北是天街①,父老年年等驾回②。忍泪失声询使者③:"几时真有六军来④?"

【注释】

①　天街:京城的街道。　②　驾:皇帝的车驾。　③　使者:南宋的使者。此处是诗人自指。　④　六军:指南宋的军队。古时天子有六军,出自《周礼·夏官·司马》:"凡制军,万有二千五百人为军,王六军,大国三军,次国二军,小国一军。"后因常以指朝廷的军队。

【作意】

这是作者出使金国途中路经北宋故都汴京时所写纪实感怀诗,表达出北方人民不甘奴役、渴望光复的强烈感情。

【作法】

全诗写景,写情,都用白描手法,语言平淡而又含蕴深厚;尤其是末句采用了问话的形式,把诗的主题和意境推向高峰而又留下了无穷的余地。

【鉴赏】

作者于南宋孝宗乾道六年(1170),奉命使金,途中写了七十二首绝句,此为其中之一。作者使金时,中原地区沦陷已有四十多年。在女真贵族的统治下,沦陷区人民的痛苦是深重的,因而时时刻刻有故国之思。作者要描写的是这种沉重的感情,但落笔却是从平淡处开始的。

州桥正名天汉桥,横跨汴河。作者在诗题下自注:"南望朱雀门,北望宣德楼,皆旧御路也。"首句写州桥以及州桥南北纵横分布的街道,乍一看似乎是寻常环境的介绍,但实际是一下子把读者带到了汴京的中心。这里曾是故国首都的天街,那么,置身于这个看似寻常的环境之中,又怎么会不引起亡国之痛和旧国之恋呢?这就为下句的描述铺筑了底基。

第二句点破了主题:虽然沦陷已经四十余年,但是汴京父老们并没有甘心当顺民,他们热切期待着皇帝的车驾重回故都,国土重光。"年年"两字,含意相当丰盈:既有沦陷区百姓历久不衰、矢志不渝的爱国热情,又有诗人对这种热情的同情与敬意,还有年年等待,年年落空的那种失望与痛苦,更深一些,作者对执行妥协投降政策而偏安一隅的南宋朝廷是怎样一年复一年地辜负了百姓期望的不满,也尽在不言之中了。

如果把首二句的描写比作摄影中的远景刻画的话,那么三四句就恰似一个近景特写:父老们看到来自南方的使者,说不尽的甜酸苦辣一齐涌上心头,真想要放声大哭一场;但是处在那样一个环境里,到了眼眶边的泪水也只能强忍住,把要讲的万语千言迸出为一句不成音调的问话:究竟什么时候才真有王师到来啊?这个"真"字很有分量:既是以往屡次传闻之非造成的极大失望,又是对南师早日到来的迫切期待。诗以此问作结束,没有回答也没有议论,但回味却是不尽的。从当时的实际情况来看,宋朝遗民要在汴京的大街上公开询问"几时真有六军来?"恐怕是不可能的事,但诗人通过出使期间对沦陷区百姓生活的了解和痛苦心情的体验,以高度的艺术概括深刻地反映了历史的真实,这就是极大的成功。

【补充说明】

范成大的这组诗中,还有一首《龙津桥》,作意也与《州桥》相同:"燕石扶栏玉雪堆,柳塘南北抱城回。西山剩放龙津水,留待官军饮马来。"在南宋诗人的诗词作品中,以遗民盼王师作为主题的实在不少。陆游的《秋夜将晓出篱门迎凉有感》之二也同样著名:"三万里河东入海,九千仞岳上摩天。遗民泪尽胡尘里,南望王师又一年!"两诗相较:同样从写景入手,范诗实描,陆诗虚写;同样抒遗民内心情感,范诗见微知著,写得细腻传神,陆诗则以大概全,读来倍感苍凉。

不能手提天下往

何忍身去游其间

——伤　时

暑旱苦热

王 令

清风无力屠得热①,落日着翅飞上山②。人固已惧江海竭③。天岂不惜河汉干④?昆仑之高有积雪⑤,蓬莱之远常遗寒⑥,不能手提天下往,何忍身去游其间!

【注释】

① 屠得:清除。 ② 着翅:装上翅膀。 ③ 竭:干涸。 ④ 河汉:银河。 ⑤ 昆仑:昆仑山。中国西方最大的山脉。 ⑥ 蓬莱:神话传说中东方大海中的仙岛。遗:保留着。

【作意】

这是一首因苦热而发的述怀诗,表现诗人以天下为己任的胸襟与抱负。

【作法】

前四句写暑热之烈,接着两句联想到清凉之地,最后两句点明全诗主题。诗中还用比兴手法,写实和想象交替出现。诗境开阔,构思奇妙,充满着浪漫色彩。

【鉴赏】

诗的起首两句写暑天两个普通的自然现象:气温过高,清风不足以驱除苛热;烈日助热,却迟迟不肯西落。意思平常,写得却很新奇:前句中的"屠"字本意为屠杀,表现出诗人对酷暑的憎恨,巴不得让清风来杀了它。"着翅"两字也用得别致。太阳本无翅,应逐渐下落,现在它老不落下去,好像有谁给它装上了翅膀,诗人切盼日落的心情也写活了。"人固已惧江海竭,天岂不惜河汉干。"这么热的天气,人们不禁要担心江海会不会被晒干,那么天难道就听之任之,不怕银河干涸吗?前句写实,后句想象,天人对照,以人意推测天心,实际上带有对天的不满和责备。

"昆仑之高有积雪,蓬莱之远常遗寒"两句似乎来得突然,但是仔细推敲下来却也自然。人在热得难熬之际,自然会产生追寻清凉的迫切心情,联想到终年积雪不化的昆仑山和凉爽清寒的蓬莱仙岛。这两个清凉世界,是诗人以及所有处于暑旱苦热中的人所一心向往的地方。如果能在那里逃避暑热,那真是找到一块乐土了。

但是,紧接着的两句马上否定了这种向往:"不能手提天下往,何忍身去游其间!"如果不能带着天下人一起去那里避暑,自己怎么忍心独自一人去享受这份清福呢?诗人因苦热而作诗,但是他关心的却是天下人的苦热。一个人应当兼善天下,不该独善其身。即使真有避暑胜地,如果不能让天下人都脱离苦热,自己绝不独自先去。诗人的这种思想很自然使人想到唐代诗人杜甫的《茅屋为秋风所破歌》。杜甫因自己茅屋被吹破而作诗,结果却希望能有广厦千万间以大庇天下寒士,而"吾庐独破受冻死亦足!"中国知识分子的胸怀气魄被这两位诗人表现得淋漓尽致。从技法与风格来说,这种要把整个世界"提"在手里的气魄和口吻,也是王令诗中常见的。如《偶闻有感》有"长星作慧倘可假,出手为扫中原清";《西园月夜》有"我有抑郁气,从来未经吐;欲作大叹吁向天,穿天作孔恐天怒"。

【补充说明】

  为天下去暑热的思想在王令的另一首诗《暑热思风》中也有表现。他在诗中说:"坐将赤热忧天下,安得清风借我曹!"意思是很明显的。和他同时的韩琦也有一首《苦热》诗:"尝闻昆仑间,别有神仙宇""吾欲飞而往,于义不独处。安得世上人,同日生毛羽!"意思与王令之作相差不多,但气魄却是远不能及的。

苏秀道中,自七月二十五日夜大雨三日,秋苗以苏,喜而有作①

曾 几

一夕骄阳转作霖②,梦回凉冷润衣襟③。不愁屋漏床床湿④,且喜溪流岸岸深⑤。千里稻花应秀色⑥,五更桐叶最佳音⑦。无田似我犹欣舞⑧,何况田间望岁心⑨。

【注释】

① 苏秀:苏州(今江苏苏州)和秀州(今浙江嘉兴)。 ② 一夕:一夜之间。骄阳:灼热的太阳。霖:好雨。 ③ 梦回:梦醒之后。润:有一种湿润的感觉。 ④ 床床:一张张床。 ⑤ 且喜:还喜欢。岸岸:处处岸边。 ⑥ 秀色:丰润的颜色。 ⑦ 佳音:最好听的声音,指秋雨美妙的声音。 ⑧ 无田似我:像我这样没有田地的人。 ⑨ 望岁:盼望好年成。

【作意】

这是一首轻快酣畅的喜雨诗,表达出作者关心民间疾苦的思想。

【作法】

起首两句紧扣诗题,写夜降大雨,三四句写作者对大雨之喜,五六句想象雨后田地景象,更觉雨声动听,最后两句作一总结。全诗如行云流水,有流畅轻快的特点。

【鉴赏】

曾几在高宗绍兴年间曾做过浙西提刑,这首诗可能作于浙西任上。题有"苏秀道中",指从苏州到秀州的路上。是年夏秋间,久旱不雨,田里的庄稼都枯焦了,到七月二十五日夜突降大雨,连下三日,诗人非常高兴,写下此诗。

诗一开头用"一夕"两字,表明事出意外,反映久旱盼雨的急切心情,终于等来了大雨。"骄阳转作霖",一个"转"字又把前后变化的意义强化了,这不是普通的雨,而是一场好雨,一场替代灼人烈日的甘霖。酷暑难忍,可能连梦都是烦躁不安的,现在突然梦醒,一股凉意涌遍全身,似乎把衣服都润湿了。这种夸张,实际上是表达出这场好雨带来的"喜",诗人的高兴和欣慰在此处还比较含蓄。"不愁屋漏床床湿,且喜溪流岸岸深"都是从杜甫诗句中化出的。杜甫《茅屋为秋风所破歌》有"床头屋漏无干处"句,《春日江村》有"春流岸岸深"句。但诗人在这里化用得既达意又贴切,正面突出表现"喜"字。作为浙西提刑这样一名地方要员,曾几的生活条件不会像杜甫那样困难。但是,作为一个知识分子,他同样有杜甫那种关怀普通百姓的情怀。因此,诗中流露出的感情不像杜诗中那样沉郁,相反却带有轻快喜悦的调子。"不愁""且喜""床床""岸岸"这些词,正反相应,叠字巧对,既体现出诗人娴熟的文字技巧,又恰当地表现了当时诗人的内在感情。"千里稻花应秀色"与唐代殷尧藩《喜雨》诗中一句完全相同,诗人借来想象雨后农田欣欣向荣、丰收在望的景象。秋雨打梧桐一般用来表现离情别恨或让人失眠添愁的境界:如唐人刘媛《长门怨》中

"雨滴梧桐秋夜长,愁心和雨断昭阳"两句,温庭筠《更漏子》词中"梧桐树,三更雨,不道离情正苦;一叶叶,一声声,空阶滴到明"等句。曾几却来个旧调翻新,把雨打梧桐叶的沙沙声当作最美妙的音乐来欣赏。

诗行到此,似乎已到达高潮,于是诗人就势作结:"无田似我犹欣舞,何况田间望岁心。"像我这种没有田地的人都如此欢欣鼓舞,更何况那还在田间一心盼望着丰年的农民们,他们一定会对这场甘霖欣喜若狂的。这两句直抒尽致地表达了诗人的感想,虽然有过直过露之嫌,但感情却是相当真挚的,诗人关心民生的精神也得以完整地表现出来。

【补充说明】

曾几在另一首《夏夜闻雨》诗中也表现出同样的襟怀:"凉风急雨夜萧萧,便恐江南草木彫。自为丰年喜无寐,不关窗外有芭蕉。"可与此首对读。

素衣莫起风尘叹

犹及清明可到家

——超　逸

宿洞霄宫①

林逋

秋山不可尽,秋思亦无垠②。碧涧流红叶,青林点白云。凉阴一鸟下,落日乱蝉分。此夜芭蕉雨③,何人枕上闻?

【注释】

① 洞霄宫:宋代道观,在今浙江余杭西南天柱山的大涤洞。② 无垠:没有边际。 ③ 芭蕉雨:雨打芭蕉的声音。

【作意】

这是描写洞霄宫一带秋天景色的山水诗。作为隐士,作者那种热爱自然、热爱生活的情感在这首诗里表现得很充分。

【作法】

全诗先写山景总概和自己的心情,继而四句是具体的景色描写,在这个前提下最后点明夜宿时的环境并表现出作者的感受。

【鉴赏】

洞霄宫所在的大涤洞是游览胜地,被道教列为三十六小洞天、七十二福地之一。这一带涧清壑深,山清水秀,风景非常优美。林逋隐居在杭州孤山,到这里玩是经常的事。

首联两句是总写"秋山"和作者的心情。秋天到了,洞霄宫周围的秋山景色吸引了诗人。放眼望去,群山绵延不断,不可穷尽,显示出山的壮阔、雄伟。它的多姿美态不禁令诗人叹为观止,发出"不可尽"的感叹。看着这令人心旷神怡的"不可尽"的秋山美景,诗人的遐思也是会飞得很远很远呀!诗人眺望着,想象着,体验着,那种新奇、愉快、满足而又期冀的感觉也一阵一阵地涌上心头。思绪随着"不可尽"的景色而无边无际地遨游起来。

颔联和颈联四句是具体的写景。历来写秋天山景的诗不少,而秋山也的确有不少东西可写,但本诗作者的着眼点却稍稍有些特别:碧绿的溪水在山涧中淙淙流过,水中不时会飘过几片红叶,郁郁葱葱的树林上空,映现着朵朵悠然飘动的白云;渐渐地感到了一些凉意,才发现鸟儿已经归林;正是落日西斜的时分,只有杂乱的蝉声在鸣唱。作者不写山势的高峻,也不写山态的透迤,而偏偏去抓住涧、叶、林、云、日、鸟、蝉来加以描绘。在诗人那支蘸满颜色的画笔的勾勒下,秋山之景显得格外绚丽:涧水碧绿,霜叶火红,林木青翠,天云淡白。涧水碧得透明和霜叶红得耀眼,是一种强烈的对照;青木苍翠欲滴和白云淡淡如洗,又是一种和谐的组合。从设色的角度而言,诗人是很费了一番功夫的。但诗毕竟不是画,它可以用文字创造出画的意境,但这种效果终究必须依靠文字的合理、巧妙运用才能收到。于是,"流"字和"点"字就起了点睛的作用。这两个动词的使用,不但自然地完成了色彩对比,给予这些色彩以跳动着的生命,而且把本来是孤立的景物有机地联缀成一个完整的画面。在颈联中,作者用"凉阴"和"落日"交代时已是黄昏。抬眼望去,只见一只鸟飞下,暗示着众鸟归林;收视返听,但闻"乱蝉"齐鸣,传出重重秋声。鸟飞蝉鸣,给画面增添了活力,既有单个的形象,又有杂乱的声音,显得既单纯又

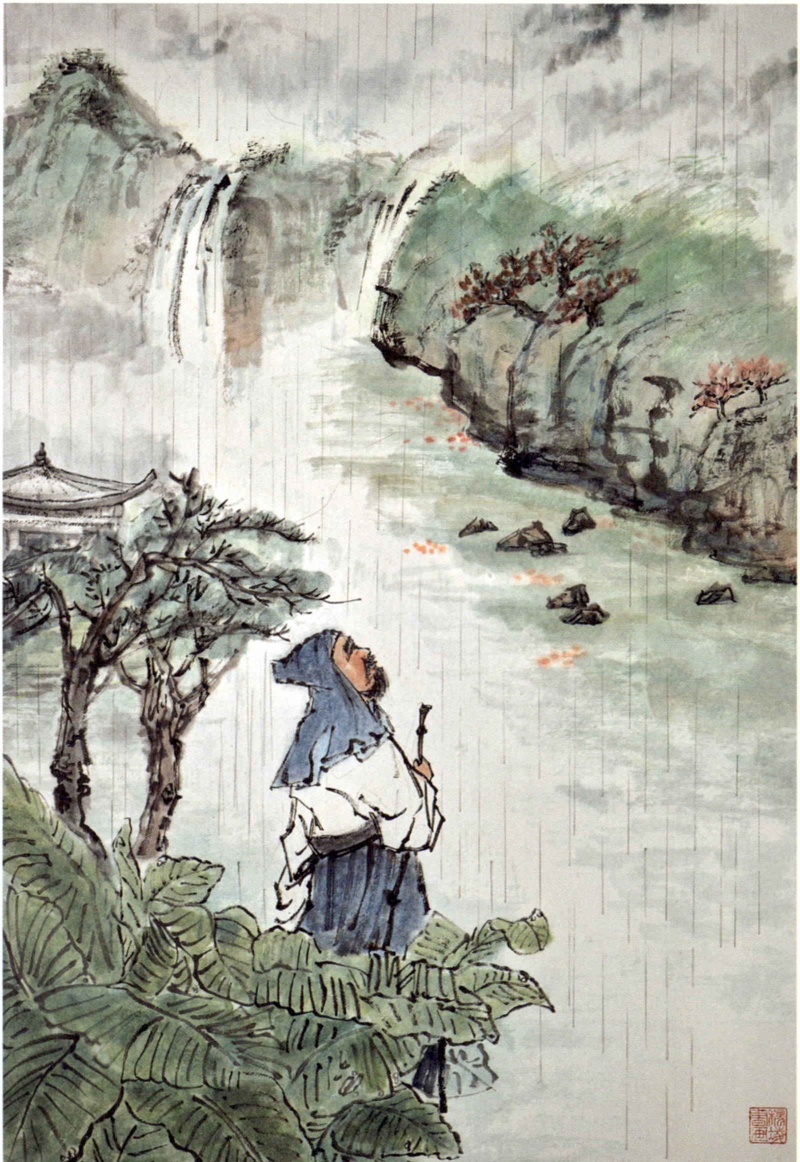

丰富。在这样一幅有色亦有声的秋山景色图面前，说"秋思亦无垠"应该是一点也不过分的。

作者是准备在山中过夜的。尾联切了诗题中的"宿"字。虽然尚未到就寝的时候，但白天看到的山景已经使作者在兴奋之余遐思不已；而现在的"凉阴"气氛和"乱蝉"齐鸣，又预兆着夜晚会有一场秋雨。洞霄宫种了不少芭蕉，雨打芭蕉沙沙作响，那自然是极有韵味而又让人浮想联翩的。诗人心中一定很高兴，因为"此夜"可以在这种悠闲而宁静的心态中领略这种情致了。故意设下"何人枕上闻？"而不作答，显得耐人寻味。而读者却是在细细品味中感受到诗人那种心与物游的淡远情怀的。

在这首诗里，形象、色彩、音响交融织会，而在这交融织会中巧妙地安排了景与物、静与动、远与近的关系，所有这一切又都和作者的心情相默契，相融合，因此，它的艺术感染力才是巨大的。

【补充说明】

作者另有一首《洞霄宫》，是介绍它的悠久历史和风光的："大涤山相向，华阳路暗通。风霜唐碣久，草木汉祠空。剑石苔花碧，丹池水气红。幽人天柱侧，茅屋洒松风。"

戏 答 元 珍①

欧阳修

春风疑不到天涯②,二月山城未见花。残雪压枝犹有橘,冻雷惊笋欲抽芽③。夜闻归雁生乡思,病入新年感物华④。曾是洛阳花下客,野芳虽晚不须嗟⑤。

【注释】

① 戏:随意、信笔之意。元珍:是当时担任峡州判官的丁宝臣的表字。　② 天涯:天边。形容很远的地方。这里指作者贬官所至的峡州夷陵(今湖北宜昌)。　③ 冻雷:冷天的雷。　④ 物华:好风光。　⑤ 野芳:野花。嗟:叹惋。

【作意】

这是作者贬官居外时的酬答之作,既为自我宽解,也寄托着政治上的感慨。

【作法】

这首诗从写景入手,寓情于景,转生感叹。其中的"残雪压枝犹有橘,冻雷惊笋欲抽芽"句,对仗工整,以典型的现象描写出山城的早春风光,为诗后半首的抒情作了环境上的铺垫。

【鉴赏】

宋仁宗景祐三年(1036),欧阳修因批评司谏高若讷对有人攻击当时名臣范仲淹这一事件没能主持正义，得罪了权贵，被贬为峡州夷陵县令。次年，丁宝臣写了一首《花时久雨》给他，本诗就是对《花时久雨》的答诗。

首联破题。时间已到了二月，然而冬寒未去，春风不来。夷陵位于山区，故称"山城"。这座山城相对于汴京、洛阳来说是那么远，可谓遥如"天涯"了。一句问，一句答，十分巧妙地把地点（远在"天涯"的"山城"）、时令（"二月"）和料峭春寒气象（"春风""不到"以及"未见花"）交代得干净利落。作者自己对这两句也很得意，他在《笔说·峡州诗说》中说："若无下句，则上句何堪？既见下句，则上句颇工。"这种景象的描写，既是以早春风光表现了山城的遥远冷寂，也隐约烘托出诗人迁谪僻地的落寞寡欢。

然而，山城的早春景物又是奇异特别的。夷陵盛产橘、竹，所以早春二月虽"未见花"，却见到了"残雪压枝犹有橘"的橘树和被冻雷惊醒，准备萌生的笋芽。残雪之下，去年摘剩的橘子在枝头上显得格外耀眼；冻土之下，竹笋的生命也在勃勃跳动着。橘既天寒而未馁，笋虽地冻而争生，这就不但形象地描画出橘、笋傲雪斗寒的强大生命力，更通过"残雪""犹有""惊""欲"等字、词表现出春天已经悄悄到来了。

颈联由景入意，描写出自己的心情。夜不成寐，躺在床上，听见朝北回归的大雁发出阵阵鸣叫，怎不令人生出无穷的乡思与乡愁？身体有病，而新的一年又来临了，又怎么不让人顿生感慨呢？这里的"感物华"是有感于颈联两句所写的景物，但是在内心深处的有感，诗人没有明写，留待给读者去体味了。

尾联两句，是自我宽解的主题。作者曾担任过五年西京（洛阳）留守推官。洛阳以花著称，而牡丹为最。他在《洛阳牡丹记·风俗记第三》中记载:"洛阳之俗,大抵好花。春时,城中无贵贱皆插花,虽负担者亦然。花开时,士庶竞为游遨。"他还写过盛赞洛阳牡丹的《洛阳牡丹记》和《洛阳牡丹图》,所以才有这两句:现在外乡的春天虽然来得很迟,但我们曾在洛阳度过春天,欣赏过那里的美妙风光,也就不必惆怅和叹惋了。这两句是荣枯迥异的两种境遇的鲜明对照。如果结合这两句的意境来考察,上联中作者留给读者体味的有感或许会有答案:虽然今昔对比,截然不同,但是橘、笋的顽强与向上,"残雪""冻雷"的不能阻止春天的最终来临,不也是必然的吗?诗人政治上受挫但并不消沉、颓唐的心理在这里得到了最好的表现;全诗至此,也在沉闷和压抑中迸发出生气与活力。

【补充说明】

　　身处逆境而能自得其乐,自我宽解,这是欧阳修胸襟旷达的过人之处。当他因推行"庆历新政"而被指控与范仲淹等人结为"朋党",被贬滁州后,并不颓丧。《怀嵩楼新开南轩与郡僚小饮》作于贬滁期间,表达的仍是乐观、向上的精神:"绕郭云烟匝几重,昔人曾此感怀嵩。霜林落后山争出,野菊开时酒正浓。解带西风飘画角,倚栏斜日照青松。会须乘兴携佳客,踏雪来看群玉峰。"

临安春雨初霁①

陆 游

世味年来薄似纱②,谁令骑马客京华③。小楼一夜听春雨,深巷明朝卖杏花④。矮纸斜行闲作草⑤,晴窗细乳戏分茶⑥。素衣莫起风尘叹,犹及清明可到家⑦。

【注释】

① 霁:雨后天气转晴。　② 世味:人情世态。　③ 京华:此处指题中的南宋都城临安。　④ 深巷:狭长的街巷。　⑤ 矮纸:短纸。作草:写草字。　⑥ 细乳:煮茶时水面泛起的白色泡沫。宋人喝茶不用开水冲,而是煮。《茶谱》记载说:"婺州有举岩茶,其片甚细,味极甘芳,煎如碧乳。"分茶:宋人茶道之一,是一种相当讲究的喝茶方法,以茶匙取茶(汤)注入盏中即是。　⑦ 犹及:还赶得上。

【作意】

这是作者客居临安时在一个春雨停止、天气放晴的早晨所作的抒情诗。诗中流露出对官场生活中那种乌烟瘴气的厌倦与淡漠心情。

【作法】

全诗既写景又抒情,缘景明情。首联交代客居京城的原因,颔联写雨后花红的西湖美景,颔联写客居生活的闲暇无事,尾联则表示了对世俗的不满,表达了希望早日回家的心愿。全诗清新,景物刻画细致。其中颔联情韵深长,是历代传诵的名句。

【鉴赏】

孝宗淳熙十三年(1186)春天,陆游将知严州(治所在今浙江建德),被从家乡召到临安,等候皇帝召见。这一年,他已经六十二岁,已经不再有青壮年时期的那种"中原北望气如山"的气势了。虽然光复中原的壮志犹在,但是时势的发展和个人经历都告诉他,朝廷的既定方针是妥协、偏安,光复事业几近无期。八年前,孝宗曾经召见过他,但并不重用,只让他在福建、江西做了两任提举常平茶盐公事。以后就是五年的赋闲家居。这次受召,他心里并不存什么希望;而临安城中那股令人厌恶的官场气,更让他觉得无聊。这首诗就是在这种百无聊赖中写成的。

"世味年来薄似纱"是一个形象而又精辟的比喻:人情世态薄得就像那半透明的纱一样。远的不说,六年前自己在江西抚州开仓赈济灾民,就被权贵们以"擅权"的罪名罢职还乡。官场中的倾轧和炎凉,诗人是深有感受的。抚今追昔,想象将来,觉得实在太没有意趣了。这是三十多年来体会和感受的概括。既然如此,又何必来京求官呢?"谁令骑马客京华?"是明知故问,是皇帝有"令"而非内心主宰。这句中有聊借吏禄维持生计的无奈,有轻轻的自责,有难以排却的苦闷,情绪是含蓄而深沉的。

诗人只身住在西湖边的客栈里。一夜春雨,淅淅沥沥,陪伴着辗转而一夜未眠的诗人。诗人为什么一夜不眠?是厌烦京城里的"世味"?是叹息国家和民族的命运多舛?是生出了浓重的思乡之恋?

或是数者兼而有之？到了第二天清晨，春雨停息了，狭长、深幽的小巷中传来了叫卖杏花的声音，诗人的精神也许会为之一振：哦，春天来得好快！

"小楼一夜听春雨，深巷明朝卖杏花。"不着意于对偶，十四字一气贯注，自然圆转，向为名句，典型地表现出江南二月的都市之春。小楼听雨是一诗境，春雨如丝，杏花繁丽是一诗境，深巷卖花又是一诗境。小楼夜雨和深巷杏花构织成一幅色泽鲜艳的图画，而且不但有色彩，同时有声音，真是韵味十足。清代舒位在《书剑南诗集后》中说"小楼深巷卖花声，七字春愁隔夜生"，强调了"春愁"，这是很有见地的。春雨潇潇不停，诗人整整一夜听着它微音润物，焉能不生出许多感慨？等到耳边传来卖花女的叫喊声时，惜花伤春之念和一夜听雨的不尽愁思交织在一起，是怎么也梳理不清的了。

作者精于草书，他有《草书歌》《题醉中所作草书卷后》等诗描写自己兴会淋漓地写草书的情况。作草书不能草率。陈师道《答无咎画苑》诗说"卒行无好步，事忙不草书。能事莫促迫，快手多粗疏"；黄庭坚《代书》诗说"遣奴迫王事，不暇学惊蛇"，"惊蛇"即指草书。分茶是一种相当讲究的喝茶方法。王明清《挥麈录·余话》卷一载蔡京《延福宫曲宴记》述分茶情况："上命近侍取茶具，亲手注汤击沸，少顷白乳浮盏面，如疏星淡月，顾群臣曰：此自布茶。"可见这是极需情致又费时间的事。作者住在西湖边上等待觐见，实在是太无聊了，只好铺开短纸，悠闲地作着斜行的草书，在晴窗下慢慢地分茶，细细地品着茶的味道。这一联和上一联相结合，似乎造出了一个很优雅、很恬静、很闲适的境界：春雨一夜，杏花盛开；矮纸作草，闲窗品茶。其实诗人的心情是极不平静的：国家正在多事之秋，用人之际，自己却在此处消磨时间；从自己的心愿来说，已经饱谙世故，对来京并无热情，这只不过是在极端乏味中聊以自遣罢了。所以在"作草"前用"闲","分茶"前用"戏",都是在言外寄慨。这两个字一用,我们便可以感觉出颔联和颈联恰恰是不相同的一个比照:景色愈有诗情画意,则愈和作者厌烦、乏味以及因抱负不得施展而产生的落寞、惆怅的心情不相协调。作者的感慨不是没有道理的,后来孝宗接见他时说:"严陵山水胜处,职事之暇,可以赋咏自适。"终究只是把他当作一个吟风弄月的闲适诗人来看待,这难道是一心报国的陆游所期望的吗?

尾联"素衣莫起风尘叹,犹及清明可到家"可以说是诗随情出。"素衣"句出自西晋陆机的《为顾彦先赠妇》:"京洛多风尘,素衣化作缁",是说京洛风尘太大,把白衣都染黑了,意指京城的肮脏势力把人品都玷污了。诗人在这里是自我解嘲和自我安慰,也是一种庆幸:在京城的龌龊空气里,自己的白衣服还没有被染黑,不要像陆机那样发出叹息,还来得及在清明之前赶回家乡。作者有不同流合污的操守,泾渭之间的界限是十分明确的,他为自己的这种坚贞自豪亦自爱。"诗言志",此处的"志"也是明乎可见的。

【补充说明】

除了豪壮、雄阔、苍劲的爱国诗歌之外,陆游还很善于细腻地描写日常生活中的景物和情趣,这首《临安春雨初霁》就显示出陆诗的此种风貌。"小楼一夜听春雨,深巷明朝卖杏花"两句可能受到陈与义"客子光阴诗卷里,杏花消息雨声中"(《怀天经、智老,因访之》)的启发。陆游的朋友王季夷也有"小窗人静,春在卖花声里"(《夜行船》)的境界。而史达祖的"小雨空帘,无人深巷,已早杏花先卖"(《夜行船·正月十八日闻杏花有感》)看来又是由陆诗脱胎而出。

春风又绿江南岸
明月何时照我还

——闲　适

孤山寺端上人房写望[①]

林 逋

底处凭阑思眇然[②]？孤山塔后阁西偏。阴沉画轴林间寺，零落棋枰葑上田[③]。秋景有时飞独鸟，夕阳无事起寒烟。迟留更爱吾庐近，只待重来看雪天。

【注释】

① 孤山寺：在杭州西湖边孤山上。上人：和尚的尊称。 ② 底处：何处。眇：通"渺"，辽远，高远。 ③ 棋枰：棋盘。葑上田：葑为菰米的根，即茭白根。葑上田又称"架田"，把木框子浮在水面，框上安着葑泥。

【作意】

这是描写秋日傍晚景色的山水诗。从诗人对幽邃景色的赞赏，可以感觉到他对自身隐居生活的依恋和对自然美景的陶醉。

【作法】

全诗先写观景的位置所在；然后写收入眼帘的图景，由近及远。观景过程中油然而生的感触，在最后以比较直截的方式表达了出来。

【鉴赏】

林逋隐居在西湖孤山时，孤山寺是他经常去游玩的地方。在那里登览阅胜或是与相契的僧人谈天说地,想来都是快事。在林逋的诗中,除了咏梅诗之外,大约要数歌咏西湖的诗写得多也写得好了。《孤山寺端上人房写望》就是其中的一首。

诗是从交代"写望"的位置起笔的。诗人忽然产生了要登高远眺的愿望,但是,到何处去凭栏放眼呢?想想有点茫然。哦,有了,孤山塔后有一座阁,那阁的西边是僧人端上人的居室。那里没有遮拦,是"望"远的好地方。

"写望"是写望中之景。既已登高,风景尽收眼底,那就将画面一一"写"出吧。

"阴沉画轴林间寺,零落棋枰葑上田":隐隐约约,几所寺院闪没在阴森森的树林里,看上去就像是一幅颜色差不多要褪尽的画卷;把视线投向西湖,只见水面上用木架子安放着葑泥的菰米田,那一块块木架子真像棋盘格子,零零星星地漂浮在水上。"秋景有时飞独鸟,夕阳无事起寒烟":现在正是美好的清秋季节,夕阳西下,暝色四合,寥廓天空中飞过一只鸟儿,点缀着这苍茫的暮色,除了袅袅上升的几缕寒烟之外,什么东西也见不到了。

作者是善于写景的,从颔联和颈联四句的描写,我们可以知道他善于写景的基础实在竟是本身具有的画家天赋。在他的笔下,景色的远近、明暗、浓淡、位置、层次都被安排得相当和谐。而在施色上又大胆地全用"冷"色,使画面显得极其淡远、冷寂,从而点出了"秋景"和"夕阳"的特有氛围。飞鸟用"独",可以表现夜幕将降,孤寂冷清;炊烟用"寒",可以说明秋色已深,苍凉凝重。至于"画轴"和"棋枰"这两个比喻,以其想象独特、奇妙和譬喻形象、妥切而受到后人的赞赏。其实,韩愈在《和刘使君三堂二十一咏》的《稻畦》诗里已经有过"罫布畦堪数"句,但是因为句子不醒豁,所以不曾引起注意。林逋这两句一出,成为佳句,仿效者甚多。如滕岑的"何人为展古画幅,尘暗缣绡浓淡间"(《游西湖》),程孟阳的"古寺正如昏壁画"(《闻等慈师在拂水有寄》),黄庭坚的"田似围棋据一枰"(《题安福李令朝华亭》)和"稻田棋局方"(《次韵知命入青原山口》),文同的"秋田沟垅如棋局"(《闲居院上方晚景》),金君卿的"千顷芊畦楸罫局"(《同陈郎中游南塘》),杨万里的"天置楸枰作稻畦"(《晚望》),杨慎的"平田如棋局"(《出郊》)等。

诗人是自愿隐居的处士,淡于名利。现在,他在高僧端上人房中所看到的如画图景,和他心中那股高逸淡远之气和闲寂恬静的情致是契合的。他流连忘返,并在尾联中直抒了这种心情:我迟迟逗留着不愿意归去,现在,我是更喜爱我的庐舍和这里如此相近了,因为相近,来去才那么方便,等到大雪纷飞时,我还要到此处来观赏雪景呢!隐逸之趣和山林之气,在这里是以细润和清丽表现出来的。

【补充说明】

宋初有一批山林诗人,或者出家当和尚(如"九僧"),或者躲起来做隐士(如林逋、魏野、曹汝弼等)。他们的风格很相似。至于说到林逋对隐居生活的喜爱以及从中感觉到的乐趣,他的一首题为《小隐自题》的诗可以参考:"竹树绕吾庐,清深趣有余。鹤闲临水久,蜂懒采花疏。酒病妨开卷,春阴入荷锄。尝怜古图画,多半写樵渔。"

泊船瓜洲①

王安石

京口瓜洲一水间②,钟山只隔数重山③。春风又绿江南岸,明月何时照我还?

【注释】

① 瓜洲:今江苏长江北岸,扬州市南。 ② 京口:今江苏镇江。 ③ 钟山:又名蒋山,即南京市东的紫金山。

【作意】

这是作者路过瓜洲时怀念江宁(今江苏南京)住所的诗。

【作法】

诗从写景入手。既有近景,又有远景;既有日景,又有夜景。特别是历来被人赞颂的第三句,用通感手法把只可感触的春风转换成醒目的视觉形象,在写景中透露出喜悦和闲适的心情。

【鉴赏】

神宗熙宁二年(1069),王安石被任命为参知政事(副宰相);次年被任命为同平章事(宰相),开始推行变法。由于反对势力的攻击,他几次被迫辞去宰相的职务。这首诗写于熙宁八年(1075)二月,正是王安石第二次拜相进京之时。

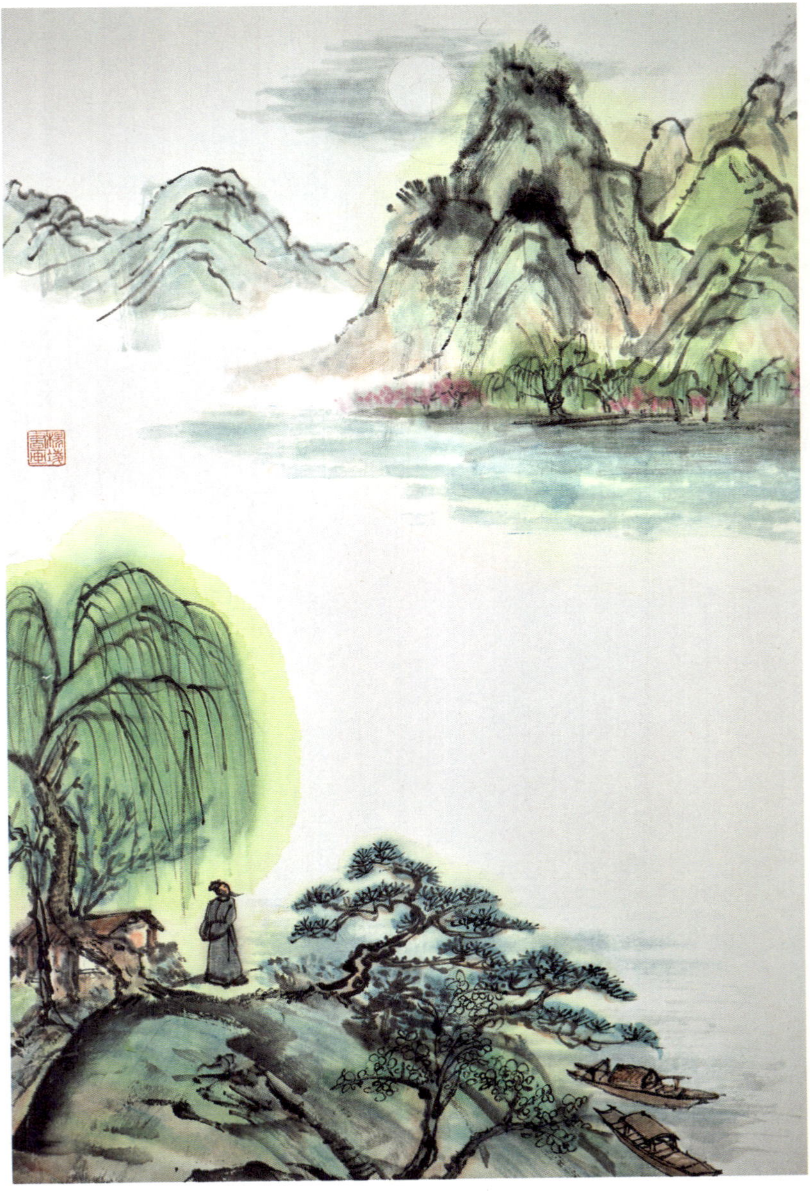

船儿泊在瓜洲渡口,和对岸的京口只有一水之隔;而远处我所隐居的钟山,与此地也不过只相隔几重山峦。这两句只写眼前的即景,写得也很平易。但是"一水间"三字写得流畅轻捷,表现出轻松愉快的心情;"只隔"两字显得轻描淡写,但却可以从中窥见作者对钟山的依恋之情是那样深厚。从船头看瓜洲,望京口,更极目远眺,真是一幅绝妙的长江风景图。

第三句描写了初春时节江岸的明丽春色。春风是一年一度的,现在"又"吹到了江南,江南大地有什么样的变化呢?在春风拂煦之下,白雪消融了,化成了一片碧绿:绿的草,绿的树,绿的禾苗……"绿"字原是形容词,这里放在"又"字之后作动词用,既表现了看不见、摸不着的春风的吹动,又表现了万象更新的江南大地的复苏。以动带静,静态生动,这就是"绿"字的妙处了。如果联系到作者彼时彼地的处境,这个"绿"字或许还不仅仅是形容自然界的景况:他奉诏重新入相,这是皇帝恩德的"春风"。变法事业又有了重振的希望。这当然会引起由衷的喜悦啊!

最后一句,是作者的一种闲适心情的流露。月上中天,万籁俱寂;明亮的月儿啊,你什么时候照着我回去呢?在钟山的闲居生活,已经给予他极为美好的印象,虽然仕途上还有一番事业可以大有作为,但是内心深处那种退居林下,终老天年的向往却是始终有着很大的吸引的。以设问结尾,不仅表示了这种向往,也着意渲染了月色之中一种恬静的境界。

【补充说明】

喜爱改诗是王安石的一大特点。他为同时的人改诗,也为古人改诗。《彦周诗话》评论他改谢贞的《春日闲居诗》,将"风定花犹舞"

中的"舞"字改作"落"字:"其语顿工"。至于自己的诗,那就更用得上"千锤百炼"四个字了。这首《泊船瓜洲》就是一个例证。据洪迈《容斋续笔》卷八记载:吴中士人藏有这首诗的原稿,初写时是"又到江南岸",自己圈去"到"字,注曰"不好",继而改为"过",又圈去,再改为"入""满"……这样一共改了十几个字,最后才定为"绿"字。

书湖阴先生壁①

王安石

茅檐长扫静无苔②,花木成畦手自栽③。一水护田将绿绕④,两山排闼送青来⑤。

【注释】

① 湖阴先生:本名杨德逢,住在南京钟山,与退居金陵的王安石是邻居。 ② 茅檐:茅屋的檐下。长:常常。 ③ 畦:田园中分成小块的土地。 ④ 将:携带。 ⑤ 排闼:闯开门。

【作意】

这首诗写的是山中居家的初夏景色,曲折地表现了作者观赏中的怡悦感情。

【作法】

诗人的画笔由近及远,从茅檐下写到花畦,再到绿水青田,再到远处青山,最后以力语收尾,将山水诗写得富有生命力,同时也赞颂了朋友的性格和人品。

【鉴赏】

王安石从二次罢相到哲宗元祐元年(1086)因病逝世,在金陵郊外住了十年。这期间,他和隐居在钟山的湖阴先生杨德逢经常来往,是很好的朋友。在作者留存的诗歌中,有关杨德逢的诗在十首以上。这首《题湖阴先生壁》(一共有两首)大约是在元丰三年(1080)春天写的。

  首二句写杨家庭院的洁净清丽:茅檐底下,净无青苔。以前的解释多以为"静"字同"净"字,意为清洁。虽然未必无理,但是此处还是应该有"静"字的本义——安静的意思在内的。湖阴先生居于山内,平素来往的人不多,居处幽静是必然的。至于洁净无苔,那有"长扫"的原因在内。从庭院里种植的花木来看,各有畦畛,整齐有致,而且这些都是主人亲自栽种的。隐居在这样幽静的山居之中的主人,既勤于打扫,又乐于种植,究竟是怎么样的人呢?诗里没有写。但读者从他居所的整齐、干净,从他的勤劳、朴实,总是可以揣度到其中大概。作者的《示德逢》中有"先生贫敝古人风,缅想柴桑在眼中"的句子可以作为我们揣度的参证。"柴桑"是陶渊明隐居的地方,在作者心目中,湖阴先生是和陶渊明一样有学问而又有品格的高士,这是没有疑问的。借描写环境来表现人物的品格、性情,这两句诗是成功的。

  三四句把目光延展到庭院之外的山水,采取了拟人的手法。小河携带着青青的水流,曲曲折折地环绕、护卫着农田。三句中的"将"字,历来作现代汉语助词的"把"字解释,今人吴小如先生以为应作"携带""挟持"讲,绿指水色而非田色,水绿显得鲜活,且与末句对仗。这确是极有见地的。"一水护田将绿绕"突出的是"护"字和"绿"字,笔触隐隐透出水波情趣:流水有情,携波带浪,被绿水环绕着的葱郁的田禾似乎也更加可爱了。这里明显地带有作者的主体情感,同时也为结句的妙笔作了艺术上的准备。当目光从田亩绿水及于青山时,诗人突然把笔毫收住,由远及近,翻化出"两山排闼送青来"这样的佳句:两面青山闯开你的门户,把深翠欲滴的山色送到眼前。山的活泼性急,山的迫不及待,山的热情兴奋,都写得那么传神,这在山水诗中是极为少见的。青山本无情,只是因为诗人移情、注情于山,山才有了情意。由此,青山也才会化静为动,宛若一位熟识的老朋友那样撞门而进了。这句强调的是"排闼"和"送"字,让读者可以想象出湖阴先生居处抬头见山的环境以及如奔如驰的山势,苍翠青郁的山色。

青山绿水是寻常景色,山光水色也是写诗者笔下常见的内容。但在王安石的笔下,绿水和青山都有了那么鲜明的性格。寻常景色变得有情有意,生机盎然;常见内容也推陈出新,翻空出奇。看来,只有诗人本身怀着极大的热情、激情,才能从平常的景象中独特地探索到诗趣和诗意。

【补充说明】

同题的另一首诗是这样写的:"桑条索漠柳花繁,风敛余香暗度垣。黄鸟数声残午梦,尚疑身在半山园。"写的是作者在湖阴先生家中午睡时的所见所闻所嗅所觉。他和主人的亲密交往也可由此得见。诗中所说的"半山园"是王安石的住处,其处距城七里,距钟山亦七里,恰在由山入城路程的一半。所以王安石晚年号半山老人,园也因此得名。

山园小梅

林逋

众芳摇落独暄妍①，占尽风情向小园②。疏影横斜水清浅，暗香浮动月黄昏③。霜禽欲下先偷眼④，粉蝶如知合断魂⑤。幸有微吟可相狎⑥，不须檀板共金尊⑦。

【注释】

① 暄妍：原意为光线充足，景色秀美，此处指梅花的鲜艳明丽。② 向：于，在。　③ 暗香：幽香。　④ 霜禽：霜季的飞鸟。偷眼：偷看。　⑤ 合：应该，会。　⑥ 狎：亲近。　⑦ 檀板：檀木制成的歌板，伴奏时用。金尊：泛指酒杯。"共"字一作"与"。

【作意】

这首咏梅诗以梅自喻，表现出作者不染尘俗，孤高幽逸的生活情趣。

【作法】

此诗首联是对梅花的赞扬，颔联和颈联从梅花本身的风姿写到鸟、蝶对梅花的喜爱，尾联则是作者在咏物的基础上抒发情怀，表达出自己的情趣。全诗五十六个字没有一个"梅"字，但却无处不见到梅。

【鉴赏】

　　作者平生未出仕,曾游江淮之间,后来隐居在杭州西湖孤山,二十年足不入城市,终身未娶。他喜爱植梅畜鹤,因而有"梅妻鹤子"之称。在他的诗作中,咏梅诗是写得最好也最负盛名的。

　　首联两句,诗人在描述了梅花开放时的环境和风貌之后便直接写下对梅花的赞扬:寒冬已至,百花凋零,只有梅花凌寒傲立盛开;它那鲜艳明丽的景色,把山园的风光全都占尽了。作者在这称誉之中所寄托的感情是相当明显的:梅花是岁寒三友之一,它在刺骨的寒风和凛冽的冰霜中开颜面世,与已经"摇落"的"众芳"实在是不可同日而语的;作者欣赏它那孤高、雅洁的品格,不正是对自己清寂、超脱的隐居生活的隐喻吗?"占尽"在这里的意思是充满,因为"众芳摇落",所以梅花才能"独"放,才能"占尽"。初读似乎是客观条件造成这样好的环境,细忖才领悟到作者在这里用了反衬的手法,更加突出了梅花的性格。

　　颔联是对梅花的具体描绘:疏朗的梅花影子,横斜错出地倒映在清浅的水里;在淡淡的月光之下,它那幽香阵阵地散发和飘动过来。这两句一写梅姿之情,一写梅香之幽。前者衬以清静的浅水,用"疏影"传出梅花的精神,用"横斜"刻画梅花的姿态,因为是一枝斜出的水边照影,所以梅枝的疏秀清瘦被衬托得相当传神。后者托以朦胧的月光,用"暗香"形容梅花的幽香,用"浮动"透出梅花的气韵,由于月色若明若暗,香气的清幽淡远也被表现得时续时继,有浓有淡。天上、地下、远景、近象、明光、阴影,把梅花烘托得玲珑剔透。正如前人评价所说这是"深得梅花之魂"。明代李日华在《紫桃轩杂缀》中说林逋的这两句从南唐江为的"竹影横斜水清浅,桂香浮动月黄昏"点化而来,江为的诗只剩下这两句断句,诗题也无所考证了。但是林逋只把"竹""桂"两字改成"疏""暗"两字,就把梅花的不凡风韵和别致芬芳写得活灵活现,如睹如闻,梅的风骨韵致、外形内神,都横溢难掩,因而成为咏梅绝唱,应该说是点铁成金之笔。自此以后,"暗香"和"疏影"成了梅的代名词。南宋姜夔两首咏梅的著名自度曲,就是以"暗香"和"疏影"为其调名的。在林逋之前,唐代齐己《早梅》诗中"前村深雪里,昨夜一枝开"被公认是咏梅的名句。林逋诗一出,顿占鳌头。陈与义《和张矩臣水墨梅》认为:"自读西湖处士诗,年年临水看幽姿。晴窗画出横斜影,绝胜前村夜雪时。"王十朋则认为:"暗香和月入佳句,压尽千古无诗才。"黄庭坚还认为林逋另一首《梅花》诗中的"雪后园林才半树,水边篱落更横枝"更是佳句。

颈联着意对梅花盛开的环境和导致的结果进行描写:冬天的飞鸟非常喜爱梅花,它还盘桓在空中未及飞下来栖息,就已经迫不及待地放眼偷看了。因为春天未到,白色的蝴蝶无花可采,尚未飞来;但如果它们知道这里的梅花开放得如此鲜艳清香,那真会神往乃至销魂了!这两句描写梅花的侧笔,一则以实,一则以虚,又都是拟人化的手法,写得有动感("欲下""先偷眼"),也有神韵("断魂"),对上联梅花之美、之香是一种实在的补充。

写梅已经写得很足、很透,诗人的爱梅之情在以上六句中也已经透露得很多。在全诗的结束处,诗人用"幸有微吟可相狎,不须檀板共金尊"两句,从梅花的角度间接抒发了自己的感想:幸得有吟诗相爱的诗人可以亲近、知己,实在是不需要那种饮酒弹唱的热闹场面啊!梅花如此,诗人何尝不是如此呢?林逋终身隐居,诗多奇句,但写后马上丢弃。别人问他为什么,回答说:"我活在世上时尚且无意留名,更何况死后!"尾联把诗人这种甘于淡泊和清寒,视荣华富贵如粪土的人生态度表现得很充分。因为是从梅花观人的角度作出这两句结语的,所以"幸有""微吟""相狎""不须"这些词就显得相当有活气,诗的境界也更上了一层。

【补充说明】

　　林逋的咏梅诗甚多,这首诗也是同题两首中选出的一首。梅花在唐代并未引起什么注意,因此唐代诗人多咏"国色"——牡丹而少有咏梅的。但正如菊花的幸遇陶渊明(刘克庄:"菊得陶公名愈重")和莲花的幸遇周敦颐(刘克庄:"莲因周子品尤尊")一样,梅花也因为有了林逋这个知己而得以扬名。林逋之后,咏梅诗不计其数。宋代王琪在《梅》诗中针对这一现象开玩笑说:"只因误识林和靖,惹得诗人说到今。"至于宋代以后,那就更甚了。

天明又作人间别
洞口春深道路赊
　　——离　情

梦 游

徐 铉

魂梦悠扬不奈何①,夜来还在故人家②。香蒙蜡烛时时暗③,户映屏风故故斜④。檀的慢调银字管⑤,云鬟低缀折枝花⑥。天明又作人间别,洞口春深道路赊⑦。

【注释】

① 不奈何:没有办法。　② 故人:指所思念的恋人。　③ 香:原意指薰香,此处指薰香的烟雾。　④ 故故:屡屡,常常。　⑤ 檀的:"的"为古代妇女用朱色点于面部的妆饰,"檀的"似指女子红色的嘴唇。慢调:随意调弄。银字管:乐器名,管笛之属,管上用银作字,标明音色高低。　⑥ 云鬟:古代女子的一种发式。鬟指环形发髻,云鬟亦称云髻,形容女子发髻如云。缀:装饰。　⑦ 洞:神仙居住的洞,此处指恋人的家。赊:遥远的意思。

【作意】

这是一首记录梦游的艳体诗,通过梦中与相爱的人欢会的描写,寄托与抒发了作者离情、怀远的感情。

【作法】

全诗描写梦游的全过程。首联写梦始,颔联和颈联写梦中的情景,尾联写梦终。作者在炼字及对仗上下了较大的气力,所以整首诗所表现出的细腻和传神是给人以深刻印象的。

【鉴赏】

梦,是每个人都会碰上的。梦游,自然是由所思引起。这首诗是共有三首的《梦游》组诗中的第一首,是作者对旧时一段生活的回忆。

首联写的是梦始。"魂梦悠扬不奈何,夜来还在故人家":入夜以后,魂梦便不由自主,悠悠扬扬地来到了旧日相爱的恋人家中。"魂梦悠扬"直接点明题意,告诉读者这是梦游。"不奈何"在这里似乎可以理解为具有双重意思:作者做梦,身不由己,任凭魂梦飘忽;作者对旧日恋人难以忘情,总是不由自主地要想起她来,日有所思而夜有所梦,"夜来还在故人家"便是很自然的了。

中间两联写的是梦中相聚时的情景。颔联"香蒙蜡烛时时暗,户映屏风故故斜"以"香蒙"对"户映",以"蜡烛"对"屏风",以"时时暗"对"故故斜",形成了工整的对仗。这一联刻画的是朦胧、迷人的幽会氛围:恋人家中薰香的烟雾缭绕、迷漫,一阵一阵地把蜡烛的光亮遮住,因为烛光飘忽不定,连映在门窗上的屏风之影也屡屡跟着变斜了。在这样氛围中的"故人"如何呢?颈联写了梦中所见的"故人":她发鬓如云,插花为饰;涂了唇红的嘴正在随意自如地吹着银字管,奏出了美妙的曲子。这一联的对仗也是严格、工整的。

尾联描写了惜别而梦终的景象。"天明又作人间别,洞口春深道路赊":相聚的欢愉是无穷的,但是天将放晓,分手是不得已而又不得不为的;梦醒了,人也仿佛从遥远的仙境回到了人间。"洞口"指神仙所居的洞口,诗人把梦中恋人之家喻为神仙所住的地方,其意也是双重的。一是说明居于彼处的快活,这在颔联和颈联中已可见。二是从梦境回到现实之后产生的惆怅:虽然日夜思念,但相逢只能在梦中,而春梦苦短,别后又难相见,神仙无所谓生离死别的问题,但分别的痛苦却是凡人都会遇到的,现在要作"人间别",留给诗人这个凡人的将是加倍的怀念和怅然,难怪要发出"洞口春深道路赊"的叹喟了。

梦中相会的情景,往往是记忆中印象最深情景的复映。虽然这最深的记忆只是美人歌管,但是诗人那离情、怀远的感情,却还是表现得相当真切和生动的。

【补充说明】

徐铉是五代宋初著名的文字学家和文学家,名冠一时,和韩熙载在南唐并称"韩徐"。他文思敏捷,往往操笔立就,所以他的诗流畅有余而深警不足。也许,这"深警不足"的弱点还和他所处的时代有关。

江　南　春

寇　准

杳杳烟波隔千里①，白蘋香散东风起②。日落汀州一望时③，柔情不断如春水。

【注释】

① 杳杳：渺茫深远貌。　② 白蘋：一种水中浮草，花白色，俗称"马尿花"。　③ 汀州：水中小洲。源自《楚辞·九歌·湘夫人》："搴汀洲兮杜若。"

【作意】

从字面上来看，这首七绝抒发了男女离情，但因作者的身份和经历，主题向来争议颇大。我们不妨把它当作男女间的怀远之作来读。

【作法】

前两句点明题意，描画了江南春色黄昏的美景，后两句是作者在汀州遥望时所产生的思情。全诗情中有景，景中有情，达到了浑合之妙。

【鉴赏】

寇准是北宋位至宰相的大政治家，坚决主张抗击辽兵入侵中原，是著名的"澶渊之盟"的倡导者。但他的诗淡雅幽远，富于情韵，和他的刚毅性格绝不相同。也许,这就是作为一个人来说可能甚至应该具有的多重性格吧。这是《江南春》组诗(共两首)的第二首,也是令他的同时代人觉得"凄楚秋怨"(文莹语)、"诗思凄婉"(胡仔语)、"含凄"(范雍语)而难以理解的典型作品。

"杳杳烟波隔千里,白蘋香散东风起",这两句点明了题意"江南春"。江水淼茫深广,远远望去,好像被茫茫的烟雾笼罩着,因为烟波浩淼无际,所以江水看上去似乎远隔千里。既是春天,怎么会出现这种烟波重重的景象呢?诗的第三句是有交代的:原来是夕阳西下之时,光线已经逐渐暗淡。一阵东风吹过,飘来白蘋花开时的缕缕清香,沁人心脾。这是一幅静态的春日黄昏江景图。第二、三句化用了南朝梁柳晖《江南春》的"汀州采白蘋,日落江南春"句。因为有"白蘋香散",所以画面在静止之中又有灵气。

此时此刻,作者正伫立在水中小洲上注目凝望。红日落山,在云层水波映衬之下,更显出一派静谧。看看脚下滚滚东去的一江春水,诗人猛然觉得自己心中的柔情也如这茫茫的春水一般,是长流不断的。读到此处的"柔情",读者才恍然若有所悟:诗人原来是意有所托啊!是的,如果从"柔情"立足来读这首诗,理解似乎更清晰一些。烟波茫茫无边,人隔千里,音讯难通;以前相聚时的欢爱之情也如同这水中白蘋的芳香一样,已被东风吹散,只偶尔飘来丝丝缕缕,宛如梦中的回忆;在汀州之上遥望相思,落日余晖和春水烟波与浩茫的柔情相交融,真的是"剪不断,理还乱"的百结愁肠。

就全诗而言,作者做到了情中有景,景中有情。第一、二、三句是景中情,结句则是情中景。从写作的角度来说,"情中景尤难曲写"(王夫之《姜斋诗话》)。王夫之以杜甫《登岳阳楼》诗为例:"'亲朋无一字,老病有孤舟'。自然是登岳楼阳诗。尝试设身作杜陵,凭轩远望观,则心目中二语,居然出现,此亦情中景也。"说明情中景是托情时写出具体的情景,要求既形象、生动,又含蓄、醇厚。"柔情不断如春水"正符合了这一要求,造成了凄婉动人的艺术感染力。

【补充说明】

前面说过,关于这首诗的主题,向来争议颇大。也许它是有所谓政治上"身在江湖,心怀魏阙"的寄寓吧,但偶尔就诗论诗一次,让读者尽量轻松一些,恐怕也不是什么坏事。况且,这组《江南春》的第一首(一般被归入宋词)更显得像男女之间的离情怀远之作:"波渺渺,柳依依,孤村芳草远,斜日杏花飞。江南春尽离肠断,𬞟满汀州人未归。"

示长安君①

王安石

少年离别意非轻②,老去相逢亦怆情③。草草杯盘供笑语,昏昏灯火话平生。自怜湖海三年隔,又作尘沙万里行④。欲问后期何日是?寄书应见雁南征。

【注释】

① 示:出示给人看的意思。长安君:王安石的大妹妹文淑,嫁给工部侍郎张奎,封长安县君。　② 意非轻:在情绪上并不轻松。③ 怆情:悲伤。　④ 尘沙:原意为沙漠,此处指北方辽国地境。

【作意】

这是作者在出使远行前写给妹妹的离别诗,表现了骨肉至亲之间的深厚感情,也抒发了曲折人生悲欢离合的感慨。

【作法】

此诗从离情别意起笔,开篇点题即给人以沉重之感;中间四句既回顾以往,畅抒情怀,又瞻望前景,抚掌嗟叹;结尾以设问作答告终,呼应了首联的情感内涵。这首诗一改律诗中间两联对仗的一般写法,在首联便使用对仗,加重了情感渲染的效果。

【鉴赏】

宋仁宗嘉祐五年(1060),王安石奉命赴边界接伴辽国的使者,临行前给大妹妹文淑写了这首诗。

首联两句,概言离别与相逢,都是使人容易动情意的事,不论老少时节都是一样。少年时节,离别会引起很大的忧伤,这是因为在那个时期重感情而易冲动,悲喜皆动于中而形于色,所以"少年离别意非轻"是正常的,可以理解的。但是,为什么"老去相逢亦怆情"呢?从年龄来看,作者其时正当"不惑之年",精力和体力正当壮盛,言"老去"似乎有点过分;从场合来看,正是"相逢"之际,理应欣愉,缘何"怆情"? 在这里,作者是把自己曲折的政治生活中的感受掺和在这种离情别意的感慨中了。他在两年前所上主张改革政治的万言书未被采纳,年届四十而政治抱负无从施展,遥望前途,尚在未定之天,怎么会不顿生感慨? 再一看数年相隔的亲人,已经完全不是记忆中少年时期的形象,鬓毛渐斑,容貌渐衰,又怎么不觉得匆匆光阴,真如白驹过隙? 所以,自然而然地会生出"老去"的感觉来。而"老去"以后,相逢的机会是越来越少,李商隐之所以要说"别亦难",正是因为"相见时难"才不愿意轻易离别啊! 短暂相逢已属不易,相逢之后必至的离别又是难捱的久远,所以,此时的"怆情"不但必然,而且比少年时期的离别"意"实际上要深沉得多,厚重得多。

"草草杯盘供笑语,昏昏灯火话平生"写出了一个感人的场面。人们中年以后同离别已久的亲友会面聚晤,经历的就常常是这种场面。这一联之所以成为名句,除了诗人善于捕捉到家庭生活中的典型现象以表现主题之外,还在于"草草"和"昏昏"两个叠词用得很好。骤逢的亲友急于互诉衷肠,无暇亦无心整治杯盘,"草草杯盘"可以说明简单,但绝不是怠慢,因为自家兄妹,送别无须什么排场。"草草"

正好可以表现出骨肉至亲间毫无拘束的亲切团聚：席间有说有笑，不是洋溢着温暖融洽的家庭气氛吗？"昏昏灯火"制造的则是一种随便而又宁静的氛围：在昏暗、闪烁的灯光下，和久别的亲人促膝谈心，尽管是絮语家常，却互诉着别后景况，交换着曲折人生旅途中所感受到的悲欢哀乐；回顾平生，恍如一梦，灯前话旧，想来也会有"犹恐相逢是梦中"（晏几道《鹧鸪天》）的感觉，"昏昏"的灯光，恐怕是会加重"梦中"那种朦胧迷茫的气氛的。

这种温馨的家庭生活，这样深厚的兄妹情谊，可惜只是偶然才能享受得到，这自然要引发出诗人的万般感叹了。颈联的两句流水对，表现的就是这种感叹：自己本来正在感慨兄妹三年的远别，可是马上又要远行出使，去到更远的万里尘沙之地，那就又是不知何日再相逢了。"湖海"说相隔之远，"三年"说离别之久，"尘沙"说远行之苦，"万里"说行程之长。这里用流水对，不但有加重表达内容的作用（刚刚还在"自怜"，立刻即要"又作""万里行"了），更有反托陪衬的作用：三年湖海之隔已经教人伤情，去尘沙之地作万里之行又当如何呢？

尾联用倒装句设问，以答语收束全诗：要问我们后会的日期在哪一天，我从北方寄信回来，告诉你归期的时候，想来该当是北方的大雁南飞的秋天了。这个回答是一个含蓄的回答。说归来日期，因为是"尘沙万里行"，所以无法预料；但因为无法预料就不回答，或者干脆说远行异域，生死难料，岂可预言归期，那不是太伤亲人的心了吗？所以不明说（无法说）归期，而只说写通报归期的信的时间。而写那封信也得等到秋天，那么归期就更要在秋天之后了。这个结尾，把作者对妹妹那种忧虑掺和着祝愿的情感的理解、安慰，对此行使命的艰巨的认识以及完成使命的自信，都细腻地表现了出来。

【补充说明】

　　在这首诗的颔联中,除了"草草"和"昏昏"用得传神外,动词"供"和"话"也用得精妙。"供"字为"草草"作了注脚:随便准备些酒菜只是为了佐助我们的谈兴;"话"字为"平生"铺设了内容:既然是亲人相会,"平生"的内容当然是推心置腹,娓娓话来。所以吴可《藏海诗话》对这一联给予了很高的评价:"七言律一篇中必有剩语,一句中必有剩字,如'草草杯盘供笑语,昏昏灯火话平生',如此句无剩字。"

九绝为亚卿作①

韩　驹

君住江滨起画楼,妾居海角送潮头②。潮中有妾相思泪,流到楼前更不流。

妾愿为云逐画樯③,君言十日看归航。恐君回首高城隔,直倚江楼过夕阳。

【注释】

① 亚卿:姓葛,曾任海陵尉。诗人的朋友。　② 海角:此处指江河入海处。　③ 画樯:画船。

【作意】

这是两首描写痛苦相思的情诗,通过诗中女主人公的表白,表现了她对爱人的痴情以及由分离而引起的深切痛苦。

【作法】

两首诗都以第一人称的自我表白进行叙述。诗中构思极为精巧,女主人公用"送潮头"和"为云"等形容、比喻手法,创造出鲜明生动的形象,有民歌风格。

【鉴赏】

　　根据宋代胡仔《苕溪渔隐丛话》后集的记载,这组诗原名为《十绝为亚卿作》,是十首七绝。在流传过程中失落了一首,于是连诗名也变成了《九绝为亚卿作》。作者的朋友葛亚卿与一位妓女相好,两人感情很深。葛亚卿把这件事讲给作者听,作者听了以后,为他们两人写下了这组诗。这里所选的是其中的第五首、第八首,是女主人公在送别葛亚卿时的所表达的炽热爱情。

　　第五首的首二句,点明了亚卿走后两人将分居两地:"君住江滨起画楼,妾居海角送潮头。"你住在江边那耸起的画楼内,我仍然住在此处江水入海处。海角至江滨,唯有潮头可以逆江而上,女子方可在想象中和情人相见一时。所以,诗人抓住了这一设想,让女主人公产生了"送潮头"的想法,由此而引出绝妙的第三、四句:"潮中有妾相思泪,流到楼前更不流。"爱人啊,在我每天送走的潮头之中,有着我思念你的泪水,它将随着潮头向上游流去,一直流到你居住的楼前,就再也不流了。泪因潮得以随江而流,潮因泪到楼前不再流。这样,女子的相思泪和潮头融为一体,在潮头中注入了女子相思的痴情、深情。

　　第八首的首句突起新巧,采用了形象的比喻。"妾愿为云逐画樯":你终于要走了,我愿意变作一朵白云,追着你乘坐的画船走。亚卿听了她的这句话,心中深深感动,只得婉转地劝慰她:十天以后我就回来。"十日看归航"能不能兑现,她不知道;但现在要分离却是不可免的事,她只能洒泪挥手,送他远航。正当船已起锚,离岸远去时,她突然想起了什么,对着船上的他高喊着说:只怕你走后,回首望我,视线已被高墙挡住,不可能再看见;但我仍然会倚在江楼上盼望着你,一直到夕阳西下的时分。

从这两首诗来看，诗人对朋友的这种爱情是欣赏的。而对那位多情多义的妓女，他更是充满了同情。她的痴情，她的深情，她的追求和向往，她对爱情的坚贞不渝，在诗人的笔下都表现得淋漓尽致。形象鲜明生动，语言通俗自然，感情悱恻缠绵，意境宛转曲致，都可以说是这两首诗的特点。

【补充说明】

韩驹写诗自成一格，以写诗不厌改而传于世。但他讲究"字字有来历"的作风却好像是"江西派"的真传。陆游曾见过他的诗手稿一卷，于是在《跋陵阳先生诗草》一文中说："先生诗名擅天下，然反复涂正，又历疏语所从本。"但吕本中把他算进"江西派"，他还不高兴呢！

我居北海君南海
寄雁传书谢不能
——怀　远

寄黄几复①

黄庭坚

我居北海君南海,寄雁传书谢不能②。桃李春风一杯酒,江湖夜雨十年灯。持家但有四立壁③,治病不祈三折肱④。想得读书头已白,隔溪猿哭瘴溪藤⑤。

【注释】

① 黄几复:名介,南昌人,是黄庭坚少年时代的好朋友。当时担任四会(今属广东)县令。 ② 谢:谢绝。 ③ 但:只。 ④ 祈:请求。肱:手臂从肘到腕的部分。 ⑤ 瘴溪:旧传岭南边远之地,瘴气弥漫,所以称为瘴溪。

【作意】

这是一首寄赠诗,叙写了对友情的珍重和对故人的强烈怀念。

【作法】

全诗八句,先写两人远隔,音讯难通,次写昔时相聚之乐和别后相思之深,最后感叹了黄几复的处境和为人。层层深入,寄托出作者极深的感情。其中颔联使用相当普通的词语造成两个对仗工整,意味深长,情新隽永的句子,在当时就成为名句。

【鉴赏】

　　神宗元丰八年（1085），黄庭坚监德州德平镇（在今山东德州市东），少年时代的好朋友黄几复在遥远的南方知四会县。作者是在对朋友的强烈思念中写下这首诗的。

　　首联起势突兀，写了两人居地相隔遥远而又难通消息。第一句作者有自注说："几复在广州四会，予在德州德平镇，皆海滨也。"一"北"一"南"，巧妙地化用了《左传·僖公四年》中"君处北海，寡人处南海，惟是风马牛不相及也"的句意，点出与黄几复两地远隔。友人相思而不相见，当然要靠书信来传递消息了。"寄雁传书"是谁都可以想得到的，但是传书的大雁的回答是"谢不能"，这却是令人惊诧之笔了。南岳衡山有回雁峰，相传雁飞至此而回，不再南去；四会在衡山之南，所以托大雁传书，大雁也要辞谢了。这句加重了首句所言的"远"，而且是用大雁拟人化的手法来表现的，不但显得有趣，也更显得有情——作者的思情，连大雁也不能传书，岂不思念得更甚吗？

　　颔联两句，一句是追忆京城相聚之乐，一句抒写别后相思之深。当年游宴之乐，作者用"一杯酒"来体现，乍一看似乎过于单调和平淡，其实它的内蕴是相当丰富的：正因为是老朋友、好朋友，聚会来往是经常的事；见面或谈心，或论文，"一杯酒"足矣，其乐也融融。再加之以"桃李"和"春风"两个词来修饰这"一杯酒"的时刻，相聚时的欢快气氛就被烘托出来了。紧接着，作者用"十年灯"告诉读者：当年的良辰美景，距今匆匆已经十年过去了；两个朋友，异地相思，也足足十年了！如果光是用"十年灯"，恐怕不会显出它的特别精妙，问题在于修饰这十年相思的是"江湖"和"夜雨"两个词，塑造了一个特别动人的意境。试想一下：作者和他的好朋友都是离开家乡在外为官的人，多年来东迁西移，难免有漂泊之感；每逢夜雨淅沥，思乡怀人之情陡生,大有萧索之感;夜雨独坐,面对孤灯,互相思念,怎能不倍觉凄凉!这两句各用一些名词或名词性词组,组合成了可以让读者的想象任意驰骋的情景;又用"桃李春风"与"江湖夜雨"、"一杯酒"与"十年灯"造成了短乐与长哀的强烈对照:在"桃李春风"之中同饮"一杯酒",这样的欢会转瞬即逝,而在"江湖夜雨"之中各对"十年灯",这样的伤感何等久长,诗人那种几近痛苦的怀念,在这里是表现得欲哭无泪、绘声绘色的。

颈联两句,从黄几复是地方官的角度写了他的为人和能力。"四立壁"语出于《汉书·司马相如传》的"家居徒四壁立",作者稍加改动,以与"三折肱"对仗。作为一个县的长官,他的家业只是立在那儿的四堵墙壁,其生活贫困可见,其清正廉洁也可见。"三折肱"语出于《左传·定公十三年》的"三折肱知为良医",原意是一个人如果三次跌断胳膊,就可以断定他会是个好医生,因为他必然积累了丰富的治疗和护理经验。这里是反其意用之,以治病喻治政,称赞黄几复办事求实,不图虚名,又天资聪颖,深通世情,不必费事就可以把政事办得很好。这是对极为熟悉和相知的老朋友的赞扬,也是一种隐隐的感叹:这样有才能而又有操守的人,为什么却得不到重用呢?

尾联两句,抓住黄几复好读书的特点进一步刻画他的为人和抒发自己的感叹:好朋友已经白了头发了,还在蛮荒之地海滨的一个县里读书不倦。朋友的处境怎样,心境如何,作者并不明写,但是从"隔溪猿哭瘴溪藤"可知端倪:陪着几复的读书声的,是瘴溪藤上的猿啼,岂不倍增凄戚!全诗在瘴溪猿哭声中收煞,更见生活之贫,相思之苦,而作者所"想得"的这些情况,不但给整个图景带来了较之"但有四立壁"更为凄凉的氛围,也把作者自己的慰惜之情,怜才之意,不平之鸣，全部包蕴在其中了。

【补充说明】

　　杜甫首创拗律，黄庭坚学习杜甫，推而广之。他主张"宁律不谐而不使句弱"，此诗就是一个例子。第五、六句转用拗律，"但有四立壁"连用五个仄声字，并不在下句补救，"治病不祈三折肱"也是顺中带拗。这两句是特意用瘦硬奇峭的句法，表现黄几复刚正不阿、不苟于俗的性格，有兀傲奇崛之响。

但愿暂成人缱绻
不妨常任月朦胧
　　——欢　爱

元　夜①

朱淑真

火树银花触目红②,揭天鼓吹闹春风③。新欢入手愁忙里④,旧事惊心忆梦中。但愿暂成人缱绻⑤,不妨常任月朦胧⑥。赏灯那得工夫醉,未必明年此会同。

【注释】

① 元夜:农历正月十五日(元宵节)的夜晚。　② 火树银花:民间习俗,元宵灯会往往将彩灯缀于树上,称之为"火树";树上彩灯繁多且灿烂,宛如满树银花。　③ 鼓吹:锣鼓声、唢呐声等乐声。　④ 入手:到手。　⑤ 缱绻:形容感情固结不解、缠绵不分。　⑥ 任:听凭。

【作意】

这是描写一对爱人在元宵相会的恋情诗,把他们那种既高兴又忧伤的心情刻画得很细微,寄托了作者对于美好爱情的憧憬和向往。

【作法】

诗的首联写元宵夜的节庆气氛,颔联写离别的情人得以相会以及会后的高兴心情,后四句是在此基础上借这对情人之口抒发感怀和心愿,采用完全的心理描写,使诗意达到一个新的境界。

【鉴赏】

　　朱淑真是宋代著名的女作家。她出身于仕宦家庭,容貌出众,才情横溢,擅长于诗、词、绘画,通晓音律。据说由父母作主嫁给一个商人(一说为俗吏),她对婚姻极不满意。后来终于毅然摆脱丈夫,长期过着孤寂的生活,最后忧郁而终。她的诗多抒写个人爱情生活的郁闷幽怨,善为悲愁伤感之辞。《元夜》是她的代表作品之一。

　　首二句是以元宵之夜的环境和气氛起笔切题的。在元宵节的夜晚,彩灯挂满了树梢,璀璨耀目;焰火灿烂四射,真是"火树银花"。辛弃疾的《青玉案·元夕》有句"东风夜放花千树",形容的就是这一景象。丝竹弹奏,鼓乐吹打,人们都沉浸在春风笑语之中了。按照中国的传统习俗,元宵节是农历春节欢乐的继续。唐以后的元宵节,京城内张灯结彩,歌舞百戏,盛况要持续好几天。所以辛词中还有"风箫声动,玉壶光转,一夜鱼龙舞"的描述。诗中的"闹"字把那种真像要把天地掀翻了的乐声写活了,也把人们那种通宵达旦尽情欢乐的心情写足了。

　　就是在这样的夜晚,人群中有一对暂得相聚的爱人,为了等待今晚的欢会,他们真不知送走了多少愁苦的日子,而为了准备今夜的相聚,也不知花费了多少工夫。现在,终于在忙里愁里得到了这样一个难得的约会机会,得到一份新的欢乐,真是太不容易了! 今夕情人相见,爱侣团圆,自然是令人高兴、欣喜的,但想起那些等待的日子里,不管是回忆还是梦境,离别旧事总是让人心惊的。第三、四句中以"旧事"对"新欢",以"忆梦"对"愁忙",强调了相聚之难,也突出了等待之苦。

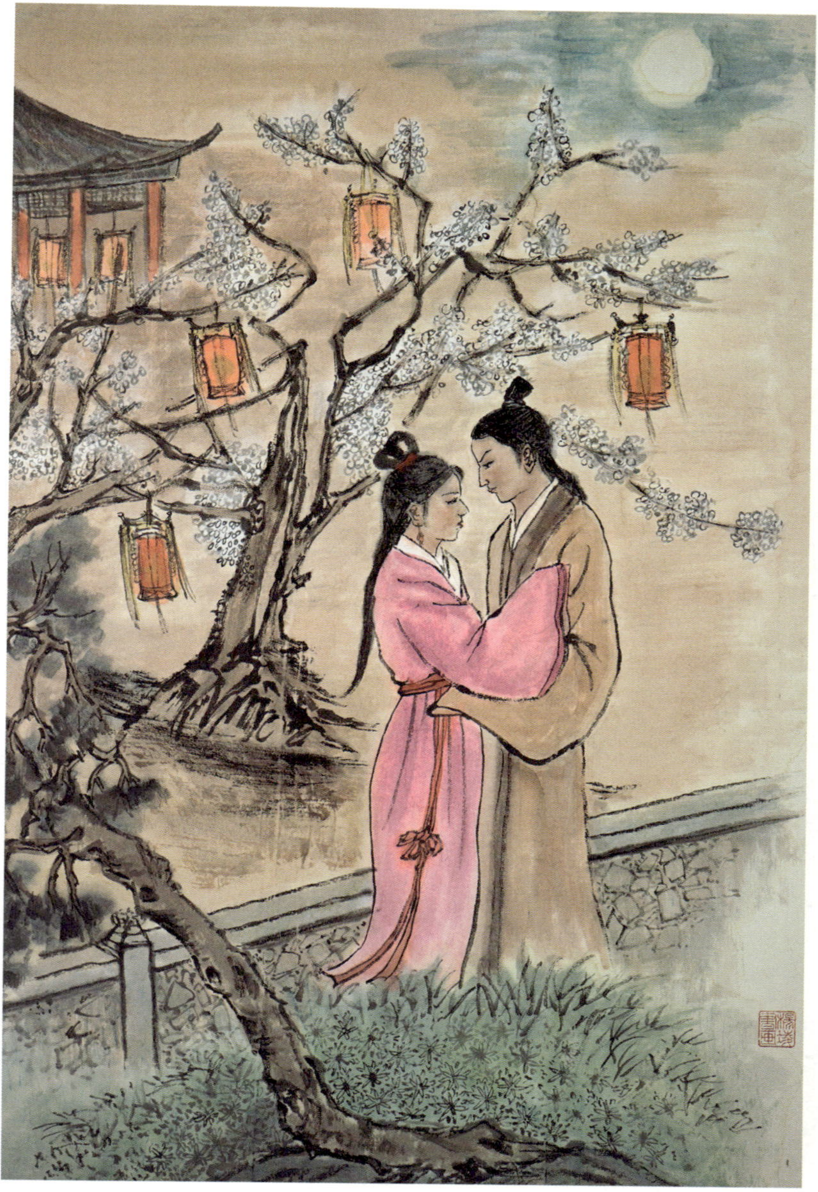

正因为相聚如此不容易,所以这次约会就特别值得珍惜了。元宵佳节,盛况空前,月圆灯亮,笑语喧天,这固然是令人流连忘返的美景。可是,在诗人看来,良宵美景如果没有人的团圆欢乐,那还有什么意义?!"但愿暂成人缱绻,不妨常任月朦胧",如果让诗人来选择的话,她只希望感情好得离不开的这对情人缠绵不散,如果这个愿望能够实现的话,就让那月色夜夜朦胧又有什么关系?或许,诗人甚至会这样认为:只要能在这短暂的相会中交流缠绵的情意,那么,平日里长期对着暗淡的月光痛苦相思也不妨听凭自然了。

既然是这样,哪里还会有工夫去赏灯陶醉!虽知这样的约会多么难得,明年元夜就未必再有了。结尾两句用细致入微的笔触,为这对诚挚爱人的缱绻情怀再浓浓地描上了一笔。

从全诗来看,诗的主旨是借对约会的珍惜之情来抒写情人的真挚爱情。作者把元夜的赏灯和约会两者联系起来描写,收到了很好的效果:相会后的高兴心情,与元夜的节庆气氛正相映衬;灯会热闹诱人却无心陶醉,更衬托出约会的珍贵和情意之缱绻;在爱情幸福的光辉面前,火树银花和明月清光都显得大大逊色了;而在元夜的节日之乐中,那些惊心旧事,平日相思,再会难期的愁绪,也显得格外强烈。后四句中,分别用了"但愿""不妨""那得""未必"四个连接词来转折,精确地表现了主人公在良宵相会时惋惜良宵难再、珍惜短暂欢会的心理波澜,这就突破了一般恋情诗着重描写欢情的樊篱,把情人团聚的价值提高到难以言表的最高程度,从而也使诗的境界更加深邃。

【补充说明】

诚如前言,朱淑真多过于感伤之作是和她的个人生活直接相关的。她死后,诗稿尽被父母焚毁(可见父母是怎样的卫道之士)。生前早已流传的作品被后人辑为《断肠集》。她的一首极言相思而被阻隔的七绝《寄情》也是写得凄恻感人的:"欲寄相思满纸愁,鱼沉雁杳又还休。分明此去无多地,如在天涯无尽头!"明明相隔"无多地",却又"如在天涯无尽头",而且还要"鱼沉雁杳",阻隔原因可以想见,女诗人有写不完的"满纸愁"也是当然的了。

陈迹可怜随手尽
欲欢无复似当时
　　——哀　悼

悼 亡

梅尧臣

结发为夫妇①,于今十七年。相看犹不足,何况是长捐②。我鬓已多白,此身宁久全③?终当与同穴④,未死泪涟涟。

【注释】

① 结发:本指年轻之时,也作结婚解。古代女子年至十五,要把头发盘结起来,行过及笄礼,算是成年,方可结婚。故又称元配妻子为"结发"。　② 长捐:长弃,即逝世。　③ 宁:哪能。　④ 同穴:死后埋葬于同一墓穴。

【作意】

这是哀悼妻子的悼亡诗,写出了作者对妻子的真情实意以及妻子去世后的伤痛之情。

【作法】

全诗四十字,从回忆结发始,至发愿同穴终。以最朴素的字句写出了最深厚的感情。

【鉴赏】

梅尧臣的妻子是谢绛的妹妹,天圣五年(1027)嫁给尧臣。庆历四年(1044)尧臣乘船返汴京,至高邮三沟,谢氏死于船中。梅尧臣以《悼亡》为题写了三首哀悼妻子的诗,这里选的是第一首。为了能更好地理解全诗,第二、三首也全录于次。其二:"每出身如梦,逢人强意多。归来仍寂寞,欲语向谁何?窗冷孤萤入,宵长一雁过。世间无最苦,精爽此销磨。"其三:"从来有修短,岂敢问苍天?见尽人间妇,无如美且贤。譬令愚者寿,何不假其年?忍此连城宝,沉埋向九泉!"

首联两句,回忆了结婚至今的历程。十七年的时间亦不算很短,但如果是很亲密的亲人,一旦逝去的话,追忆起来十七年也就显得像是瞬刻间的事了。诗人是在追忆,所以虽有十七年的时间,现在觉得"相看犹不足"。"犹不足"表明了诗人夫妇之间伉俪情深,相互爱戴,亲密之情是极其真挚的。所以第三首中还有"见尽人间妇,无如美且贤"这样的句子。谢氏令诗人心醉的不仅是容貌,更是其之贤惠。就在这两情深厚、百看不厌的时候,妻子突然逝去,永远不复见面了,这怎不令诗人悲痛欲绝呢?第四句的转折词"何况"看似平常,其实用得很精确,既衬托了上句的"犹不足",又强调了中路"长捐"这一变故对诗人所造成的打击是如何沉重。在第二首诗的结尾,诗人说世界上再没有比这更痛苦的事了,自己的精神已经全部被这种痛苦销磨光了,可以说是这一句内涵的评述。

爱妻已经长逝,诗人的两鬓也已如霜染。其实,诗人这一年才四十二岁。如果真的是"鬓已多白"的话,恐怕其中因为悲伤而变白的不在少数吧。从妻子逝世讲到自己"鬓已多白",再料想到自己的生命也不会太久了,这就把诗人的深情又重重地加了一笔。四十二岁的壮年人预料自己"此身宁久全",非到极致痛苦是不会出此语的。

因为"此身宁久全?"所以很自然地会想到身后之事。妻子死去,诗人突然感到一种难以言状的空虚和落寞,生活在恍惚和愁思之中

(其二有"每出身如梦","归来仍寂寞","窗冷孤萤入,宵长一雁过"诸句)。他想不通为什么竟然会愚者寿而贤者夭(其三有"譬令愚者寿,何不假其年?"句)。他现在的希望只是死后与妻子同穴,长相厮守,永不分离。但问题是,死后固然可以同穴,但目前还留我在世,"未死"之前,还是禁不住心中的悲痛而要"泪涟涟"了。后四句是写诗人在妻子身后的心情的,由于是前后相继的两个层次,用"未死泪涟涟"作结,就把"此身宁久全?"的哀痛又推进一层了。

这首诗的最大特点应该说是平淡。字词平淡,句子平淡,结构也平淡,但平淡绝不是淡而无味。平淡是一种风格,更是一种境界,恰如清代黄子云在《野鸣诗的》中所说:"理明句顺,气敛神藏,是谓平淡。"言近旨远,语浅情深,好诗往往是将语言的浅白和感情的深厚统一在一道的。《悼亡》可以说做到了这一点。关于这一点,诗人本身的见解也是相当有见地的:"因今适性情,稍欲到平淡。若词未圆熟,刺口剧菱芡。"(《和晏相诗》)

【补充说明】

俗语说:福无双至,祸不单行。梅尧臣真是不幸:谢氏在高邮病逝不久,船过符离时,次子又相继亡故。诗人痛不欲生,用不假雕琢,工极天然的笔调写下了《书哀》:"天既丧我妻,又复丧我子。两眼虽未枯,片心将欲死。雨落入地中,珠沉入海底,赴海可见珠,掘地可见水。唯人归泉下,万古知已矣!拊膺当问谁,憔悴鉴中鬼。"

思王逢原

王安石

蓬蒿今日想纷披①,冢上秋风又一吹②。妙质不为平世得③,微言唯有故人知④。庐山南坠当书案⑤,溢水东来入酒卮⑥。陈迹可怜随手尽⑦,欲欢无复似当时⑧。

【注释】

① 蓬蒿:两种野草,常生长在坟地里。纷披:又多又乱。② 冢:坟墓。　③ 妙质:优秀的品德、非凡的才能。平世:太平盛世。④ 微言:深奥、微妙的言论见解。语出《汉书·艺文志》:"昔仲尼殁而微言绝。"故人:指王逢原。　⑤ 庐山:在今江西省北部,鄱阳湖、长江之滨。坠:落下。当:处在某个地方。当书案,意即在书桌上。⑥ 溢水:河名。源出江西省瑞昌西南清溢山,东流至九江市西,北入长江。酒卮:酒杯。　⑦ 陈迹:旧事。　⑧ 欲欢:想要重叙欢情。

【作意】

这是一首思念亡友的哀伤诗,表达了对亡友怀才不遇的悲愁和对知己早逝的怅恨。

【作法】

全诗如对故友倾诉衷肠。起首两句想象去世一年的故友坟地。第三句、第四句赞扬故友才德。第五句、第六句回忆当年交谊。最后以诗人感叹作结。诗中运用了想象、使事、对比等手法,表现出很高的律诗技艺。

【鉴赏】

王逢原就是当时的著名诗人王令。王安石非常赏识他的才能,认为是可与自己"共功业于天下"的人,便同他成为莫逆之交,并将妻妹嫁给他,还为他四方延誉,使王令的诗作得以广为流传。然而,王令二十八岁就去世了,这使王安石痛心疾首。第二年,他写了三首悼念亡友的诗,这是第二首。

王令葬在江南常州,而王安石此时身居汴京(今河南开封),诗人只能想象故友坟上的情景,而不能亲自去祭扫。"蓬蒿"是指坟上的野草。《礼记·檀弓》说:"朋友之墓,有宿草而不哭焉。"此句正从《礼记》脱胎而来,暗喻故友虽已去世两年,自己仍不能忘情。"秋风又一吹",点明是第二年秋天。野草、秋风、坟墓,构成一幅凄怆悲凉的图画。诗人此时的心情是沉重的,他还没有从哀悼亡友的悲痛中解脱出来。

"妙质",指优秀的才德,当然是讲王令。在原诗第一首中有"被恐世间无妙质,鼻端从此罢挥斤"两句,王安石在这里用了《庄子·徐无鬼》中石匠运斤成风的典故。妙质在此又可释成好的靶子,即指听凭石匠用大斧削去他鼻尖上的白垩而面不改色的郢人。郢人由于有石匠而成名,王令却空怀才能不为世人看重。"微言"是指深奥、微妙的道理。《汉书·艺文志》说:"仲尼殁而微言绝。"诗人却说:"微言唯有故人知。"那就是说在王逢原死后,再没人能理解自己的思想、学说和政治抱负了。这两句是对故友的称诵,亦是为故友惋惜和不平,同时也说明他和王逢原友谊的基础。天下之大而知己难得,作者的失意在这里也隐隐约约地有所流露。

思念必然引起回忆,诗人想起当年在鄱阳和王令一起读书闲游的情景:庐山向南倾侧,如从天落下,正掉在书桌上;溢水自西向东而来,像佳酿美酒,注入他们的酒杯。这两句气魄雄伟,想象丰富,字句精炼的诗是一名联。它的妙处在于既不失实又富于夸张,远处的山水和近处的案厄在某个视角恰巧组合成一幅富有诗意的图画,加上诗人的想象,正好表现出当年两位挚友共有的豪迈气概和昂扬精神。他们远大的志向可包容山河。这大概正是王安石产生可与王令"共功业于天下"的思想之时。

然而这一切往事陈迹都随着王令的逝世而消失得踪影全无。要再想重叙欢情已经不可能了。诗的最后两句表达了作者无限惆怅的悲哀。

【补充说明】

王令是一个"倜傥不羁束",对"为不义者"敢于"面加毁折,无所避"的诗人。他胸怀济世大志,在诗中也常有表现。《感愤》可以算是典型的作品:"二十男儿面似冰,出门嘘气玉蜺横。未甘身世成虚老,待见天心却太平。狂去诗浑夸俗句,醉余歌有过人声。燕然未勒胡雏在,不信吾无万古名。"报国之心和雄视之气跃然纸上!王安石可谓慧眼识人。

沈园二首①

陆　游

城上斜阳画角哀②，沈园非复旧池台③。伤心桥下春波绿，曾是惊鸿照影来④。

梦断香消四十年，沈园柳老不吹绵⑤。此身行作稽山土⑥，犹吊遗踪一泫然⑦。

【注释】

① 沈园：亦名沈氏园，旧址在今浙江绍兴禹迹寺南。　② 画角：古军乐器，长五尺，形如竹筒，本细末大，以竹木或皮为之，亦有用铜者，外加彩绘，发声哀厉而高亢。　③ 非复：不再是。　④ 惊鸿：源出曹植《洛神赋》的"翩若惊鸿"，形容女子的体态轻盈，这里是作者对所怀念的唐琬的代称。　⑤ 不吹绵：绵指柳絮；不吹绵意为不飞絮。⑥ 稽山：即会稽山，在今浙江绍兴东南。　⑦ 泫然：泪水直流的样子。

【作意】

这是怀情感旧的恋情诗，是陆游怀念前妻唐琬之作，寄托了深切的哀悼之情。

【作法】

　　借景寓情,叙景抒情,是古典诗词的传统作法,怀情感旧,更多用此。这两首诗的八句中有五句是写景:倾倒的楼台,枯老的垂柳,夕阳西下伴之以角声凄厉,将氛围烘托得哀婉至极,在这样时环境与气氛中追忆往事,寄托悼伤,自然会情景交融、浑然一体。景愈残而情愈伤,这正是此诗之所以动人之处。

【鉴赏】

　　陆游二十岁时娶唐琬,夫妻感情很好。但他的母亲却极不喜欢唐琬,两人被迫离婚。陆游续弦王氏,唐琬也改嫁同郡名士赵士程。陆游三十一岁时春游到绍兴城南沈园,与唐琬偶遇,赵士程遣唐氏以酒肴招待。陆游在伤感之余,提笔在园壁上题了著名的《钗头凤》一词。相传唐琬看后也牵动了一怀愁绪,亦以《钗头凤》一首相和,不久即郁郁而死。陆游悲悼之情不绝于怀,这是他四十余年后写的恋情哀悼之诗。

　　斜阳余晖,画角呜咽,年逾古稀的作者拄杖踽踽于荒园废亭之间,这本身就已经是一幅凄凉的图景,更何况诗人是故地重游,凭吊遗踪,怀念五十余年前被迫离异,四十余年前含恨而死而自己又终身难忘的爱人！第一首回忆当年沈园相逢一事:在景(斜阳)声(画角)交融之间,沈园已非昔比。当年相遇是春天景色,现在恰恰又逢春光。虽然桥下映照过爱人倩影的绿波依旧,然而伊人安在？当年陆游题壁的《钗头凤》中有"桃花落,闲池阁,山盟虽在,锦书难托"句,唐氏所和之词中有"角声寒,夜阑珊,怕人寻问,咽泪装欢"句,现在这里的"池台"就是"闲池阁"句的地点,而这里的"画角"又与"角声寒"句相呼应,可见少年心事,几十年来何曾断过！这四句以"哀"字为中心,突出了诗人痛感时光流逝,物是人非的"伤心"之情。第二首则是在前首的基础之上,表达出作者的慨叹。七年之前,诗人以六十八岁高龄专程到沈园凭吊,留下的诗中有这样的句子:"林亭感旧空回首,泉路凭谁说断肠?怀壁醉题尘漠漠,断云幽梦事茫茫。"当年的题词墨迹尚存,所爱之人却已早去泉台,真是大梦一场,不堪回首。而现在,爱人已经逝去四十余年,沈园的老柳凋残得不能吐絮了,自己也已经七十五岁,行将谢世而要葬身在会稽山下,但是在看到唐氏的遗迹时,还是要凭吊一番,还是会情不自禁地老泪纵横。末句的"犹"字,是对作者这种痛悼情感的一个加重号:人间与幽冥梦断音绝,时光如流水般无情逝去,但是这段了不了的缘分,这种眷念的思情,却恰如蚕丝蜡泪,是从不曾断绝干枯的,是伴随诗人终身不衰的……复杂万端的感情,尽在末句之中。

【补充说明】

"提刀独立顾八荒""匣中宝剑夜有声",这是被梁启超誉为"亘古男儿一放翁"的陆游的一面。但是,多情未必不丈夫,他对唐琬之情坚贞不渝即可明证。除了《钗头凤》和《沈园二首》之外,《禹迹寺南有沈氏小园》《十二月二日夜梦游沈氏园亭》和诗人临终前一年所作《春游》,都是记录这种感情的:"城南小陌又逢春,只见梅花不见人";"林亭感旧空回首,泉路凭谁说断肠!""也信美人终作土,不堪幽梦太匆匆!"数十年过去,才"也信"斯人已逝,诗人的钟情、深情、痴情,实在不是笔端可以泄尽的。

欲把西湖比西子
淡妆浓抹总相宜
　　——风　土

丰乐亭游春①

欧阳修

红树青山日欲斜,长郊草色绿无涯②。游人不管春将老③,来往亭前踏落花。

【注释】

① 丰乐亭:位于安徽滁州西南,背靠丰山,下临幽谷泉,为欧阳修所修建。　② 长郊:广阔的郊野。　③ 老:此处是"尽"的意思。

【作意】

这是春游的纪游诗,通过春色之美和春游之兴,表现出作者伤春和惜春的情绪。

【作法】

这首诗的前两句写山景,后两句写游人,用游人如痴如醉的游态衬托出春景的美好,也反衬出作者独特的感受。

【鉴赏】

欧阳修被贬知滁州以后,非常喜爱那里的山水美景。庆历六年(1046),他在琅琊山幽谷泉上辟地建亭,取名为"丰乐亭"。著名的《丰乐亭记》就是记录这件事的。次年春天,作者来到此处,在大好春光的感染下,写下了题为《丰乐亭游春》的组诗(共三首),这首是其中之一。为了有助于对此诗的理解,知道其中第一、二首的内容也是需要的。其一为:"绿树交加山鸟啼,晴风荡漾落花飞。鸟歌花舞太守醉,明日酒醒春已归。"其二为:"春云淡淡日辉辉,草惹行襟絮拂衣。行到亭西遇太守,篮舆酩酊插花归。"

第三首写的是黄昏时的气象:一轮红日西下,映照着一抹青山,满树红花和一望无边的春草碧色。这幅春色傍晚图可说是浓墨重彩:山是青的,树是红的,草是绿的;有近景也有远景:从眼前所见的红树、绿草推及远处的青山、夕阳和无际的绿草。尤其是第二句"长郊草色绿无涯",意境极其富于开阔感:郊野伸展到哪里,绿色也就随之伸展到哪里,而春色当然也就伸展到哪里;从"长郊"无涯到"绿"色无涯到春色无涯,画面推拓开了,意境也深化了。诗人让红树、青山和绿草都笼罩在夕阳的余晖中,造成了绚丽多姿的色彩;各种色彩争奇斗艳,真有韩愈《晚春》诗中"草树知春不久归,百般红紫斗芳菲"的景况。而所有形容美丽春光的色彩,可以说都被统一在"无涯"之中。

首二句是山景的直接描绘。有了这种描绘,第三四句的描写才更有着落。正是这种令人心醉的美景,才吸引了那么多兴致勃勃的游人。他们不管春天即将过去,依然踏着满地落花,络绎不绝地前来登临丰乐亭。"亭前踏落花"描绘的是游人的外在活动,熙熙攘攘的热闹景象在"踏"字中显示了出来。"不管春将老"则揭示了游人的内在心情,"不管"说明了游人们兴致之高,情趣之浓,也表现了他们抓住大好春光尽情享受的心理。这首诗和组诗中的其他两首一样,也是在两句写景的基础上两句抒情。写景为抒情作了铺垫,而抒情则为写景的最终完成提供了衬托。"不管春将老"的游人们之所以"来往"踏花赏春,实在是春色销魂啊!落笔于游人,归意于春景,景和情都足了。但是,读者如果有心的话,是不是可以从"不管"中探听到作

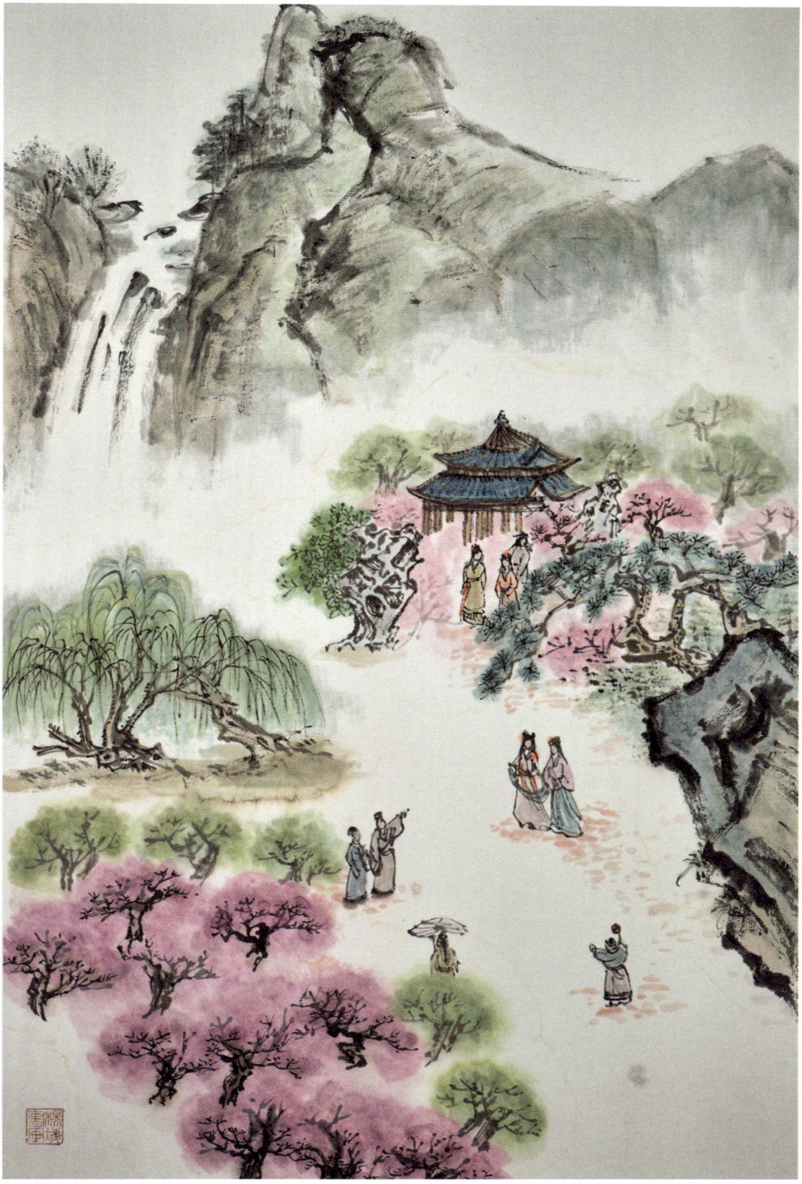

者内心这样一种感情：游人们只顾眼前快乐，却没有想到这大好春光的即将逝去；而我却不禁感叹春暮，痛惜流光啊！在这里，惜春、伤春和恋春的情绪是很含蓄的，但却惜而不悲，能使人感到一种宁静中的欢乐。

【补充说明】

欧阳修在庆历年间的党争中极力支持范仲淹等改革派，屡遭打击以至贬黜。但他豁达大度，绝无孜孜以求的丑态。他任地方官时号"醉翁"，晚年号"六一居士"，自谓："吾藏书一万卷，集古录一千卷，有琴一张，有棋一局，而常置酒一壶，吾老于其间，是为六一。"这真是值得称道的生活态度。这组诗中的"鸟歌花舞太守醉，明日酒醒春已归"和"行到亭西遇太守，篮舆酩酊插花归"句，恐怕正是这种乐观主义精神和忘情于山水的悠然情调的最好写照。

饮湖上初晴后雨①

苏　轼

水光潋滟晴方好②,山色空蒙雨亦奇③。欲把西湖比西子④,淡妆浓抹总相宜。

【注释】

① 湖:指西湖。　② 潋滟:水波闪动的样子。方好:方显得美。③ 空蒙:蒙通"濛",水气迷茫的样子。　④ 西子:西施,春秋时越国的美女。

【作意】

这是一首脍炙人口的西湖山水诗。通过对西湖晴景与雨景的赞美,表现出作者寄情山水的闲逸和他的审美情趣。

【作法】

诗的前两句写西湖无论晴天或雨天都是美的,后两句用拟人化的手法写出湖山之美的本质和神韵。

【鉴赏】

神宗熙宁年间,苏轼在杭州当了三年通判。西湖的湖光山色令这位诗人深深地折服,他写下了大量咏西湖景物的诗。这是其中的一首。原题有两首诗。

从诗题可以看出,诗人在西湖上饮酒,开始是晴天,后来下起了雨。他在同一处地方看到了两种不同的景象,这两种景象都令他欣赏和赞美。即景生兴,他提起笔来。

"水光潋滟晴方好,山色空蒙雨亦奇"。首二句描写的便是西湖"初晴后雨"的自然美景。在太阳的照耀下,湖水波光荡漾,景色美丽极了;突然间又飘起了微雨,雨中的山影朦胧缥缈,若隐若现,也显得奇幻秀美。写"初晴"是以"水光潋滟"来形容的,写"后雨"则是以"山色空蒙"来描绘的,一水一山,实际上把整座西湖及其周围的群山都包括进去了。这两句描写是非常有特点的。首先,诗人是在目即神接的情况下欣然命笔的,他实写的是眼前之景,因为如果没有"初晴后雨"的眼前之景,他作诗的灵感是无法被触及的,所以眼前之景不能不写实。其次,诗人的目的又不是只写眼前之景,因为那样就说不出他内心深处的感受,也很可能不脱前人西湖山水诗的窠臼。他是要把眼前之景加以扩展深化,形成对于整个西湖景观的描写,所以他选择了"水光潋滟"和"山色空蒙"作为典型。再次,诗人在实写时所用的那支笔似乎是一支神幻之笔,在这支笔下,光在变幻晃动,色在荡漾缤纷,充满了动感。没有平素对西湖详细的观察和别有会心的领略,是很难这样"提纲"而总括其全的。

晴天"方好",雨天"亦奇",那么,什么是真正的西湖之美呢?诗人的答案是很奇妙的。他用"欲把西湖比西子"这样一个比喻回答了这个问题。西湖与西子,同在古代越国之地,同冠以"西"字,同属于婀娜多姿的阴柔之美,诗人也许就是由此产生比喻的。在诗人看来,西施的美是天生丽质的美,所以无论是浓妆也好,淡抹也好,哪怕是皱起眉头,布衣粗裙,都是风姿绰约,恰到好处。而西湖呢,也像西子这位美女一样,是由于它自身山水的特性而美的,所以不论春夏秋冬、晴雨风雪，它的美也总是要以不同的形式表现出来的。从这个比喻我们可以证实，诗人对西湖的欣赏真正达到了"心领神会"的地步。一般的诗人常常会把美人比作鲜花，或把鲜花喻为美人，而作者把偌大的西湖比作西子，把西湖人格化、具体化、形象化了，这不能不说是别开生面的。西湖之色和西施之容融为一体，使你在读诗时分不清何谓西湖，何谓西施了，这样的艺术感染力该有多大！

值得一提的是诗中所表现出来的美学原理以及诗人的审美情趣。事物各呈面貌，春兰秋菊各得一时之秀，桃李松篁不可有所偏废。西子天生丽质，所以"淡妆浓抹总相宜"，世上万物都是这样的道理。诗人不苛求，不强求，听其自然，也欣赏自然。一个相当深刻的道理因形而得出，娓娓道来；而读者在欣赏西湖和西子之美的同时，恐怕也是不难接受诗人轻轻松松地讲出的这个道理的。

【补充说明】

一是美景，一是美女，而苏轼能将两者熔于一炉，契合若神，这大概就是所谓的"神与物游"之工吧！这个比喻使人们得以利用想象中的西子之美来为湖山增色，西湖也因此又名西子湖了。陈衍在《宋诗精华录》中说它"遂成为西湖定评"。诗人自己也非常得意于这个比喻，以至好几次使用"西湖真西子"(《次韵刘景文登介亭》)，"只有西湖似西子"(《次韵答马中玉》)，"西湖虽小亦西子"(《再次韵德麟新开西湖》)等。借用这个比喻最特殊也最伤感的大概要算南宋亡国以后方回写的《问西湖》了："谁将西子比西湖？旧日繁华渐欲无。始信坡仙诗是谶，捧心国色解亡吴！"

惠崇《春江晚景》①

苏 轼

竹外桃花三两枝,春江水暖鸭先知。蒌蒿满地芦芽短②,正是河豚欲上时。③

【注释】

① 惠崇:一称慧崇,建阳(今福建建阳)人,宋初能诗善画的和尚,善画鹅、鸭、鹭鹚,尤工寒汀远渚小景。《春江晚景》就是他的作品。 ② 蒌蒿:多年生草本植物,花淡黄,茎可食。芦芽:即芦笋,多年生草本植物,生于浅水。 ③ 河豚:鱼名,肉味鲜美,但有剧毒,生产于江海。上:向上游,抢上水。

【作意】

这是一首题画诗。作者根据画意,形象而生动地勾画出江南早春的景色;同时寓入了理趣。

【作法】

诗的主要部分(前三句)写了画中的图景:第一句是地面景,第二句是江上景,第三句是岸边景。结尾则是因景而产生的联想。

【鉴赏】

《春江晚景》原画为两幅,一幅是《鸭戏图》,一幅是《飞雁图》。苏轼在两幅画上都题了诗,这是题在《鸭戏图》上的一首。画已失传,而这首作于元丰八年(1085)的诗却流传了下来。

从诗的前三句来看,《鸭戏图》的画面已经展现在读者的面前了:地面上,长着竹子和竹外三两枝早开的桃花,鸭子正在江面上浮游戏逐,水边的蒌蒿长势正旺,布满地面,那鲜嫩的芦芽也冒尖了,一派早春的景象。

画有画境,诗有诗境。如果只题画中所见,那么诗写得再好,大概也不会超出原画所能提供的图景。作者的这首诗,妙就妙在以图画所提供的画面为基础,展开了神思飞驰的想象,依据画面形象创造出诗的意境。作者是具有丰富的生活知识的,他又是具有善于体察物情的独特的艺术敏感的。从鸭子戏水感知春江水暖,再联想到河豚欲上,这就创造了使读者从画境到诗境再到自己的感觉意境的条件:读者不是很自然地会联想到大地回春的生机勃勃的自然界吗?按理说,水温的冷暖和水面之下的景象是诉诸视觉形象的画笔所难以表现的(这幅《鸭戏图》也是如此),但是这春水的暖意和在这股暖流之下的"河豚欲上",却让诗笔成功地表现了出来。诗人用意趣盎然的笔触,补充了画面之不能言,给静止的景物以活泼的生命,为整幅画增添了春天的气息和旺盛的活力,这正是这首题画诗的成功之处。

【补充说明】

清代毛奇龄和朋友讨论宋诗,朋友举"春江水暖鸭先知"句,认为胜过唐人。毛奇龄不以为然,说:"'花间觅路鸟先知',此唐人句也。觅路在人,先知在鸟,鸟习花间故也。先者,先人也,若鸭则先谁乎?水中之物皆知冷暖,必以鸭,妄矣。"随即成为一宗诗案。其实这是徒逞口辩。不切实际。既然是题画之作,当然要言及画中点染之物了。

和李才甫先辈快阁[①]

黄庭坚

　　山寒江冷丹枫落,争渡行人簇晚沙[②]。菰叶蘋花飞白鸟[③],一张红锦夕阳斜。

【注释】

　　① 和:和诗,依照别人的诗词的题材、体裁以至韵律作诗词。李才甫:福建莆田人。快阁:在吉州太和县(在今江西泰和)东赣江之上。　② 簇:聚集。　③ 菰:即茭白,可作蔬菜。蘋:又名田字草,蕨类植物,生在浅水中。

【作意】

　　这是作者登临快阁时描绘的所见江山之景,表现出诗人的情怀。

【作法】

　　全诗四句,每句分别看来都是一幅独立的图画,似乎互不连贯,但全诗又以蕴藏的深秋季节作为连线,把全诗组成为一幅安排有致的画卷。

【鉴赏】

　　作者于元丰三年(1080)至元丰六年(1083)任太和县知县时,经常在闲时登快阁,写下了不少诗。《和李才甫先辈快阁》是元丰五年

(1082)应答作者的长辈及友人李才甫《快阁》诗而写的,共有五首,这是其中的第一首。

首句点明时令:山寒水冷,红色的枫叶已经纷纷飘落下地,可知已经到了深秋季节。第二句讲清时间,说明是傍晚时分。这个"晚"之所以是傍晚而不是夜晚,除了读到诗的末句可以从"夕阳斜"得到证明之外,在首句和第二句中作者其实都已经含蓄地说明了:如果是夜晚,飘落的枫叶未必看得出是红色,而行人正争相在渡口渡江,这种情景一般来说也只会发生在傍晚时候。

在第三句中,作者的视野扩展了:从江边浅水中的菰、蘋向远处延伸,只见白色的水鸟在旋高旋低地飞翔。作者的目光注视着这活跃的鸟儿,他的视线必然要被引向更遥远的地方,这样就自然而然地引出了第四句:夕阳西斜,漫天的晚霞就宛如一张红色的锦缎。

从全诗来看,作者功夫主要用在画面的描绘上,正如我们在"作法"中所言,四句诗似乎是四幅独立的图画。但作者以深秋为中心,把深秋的景色、气候、感觉写得很够"味",所以四幅画又组成了一幅互相联系的画卷。在手法上,作者用互相对比和映衬,就使得这种联系显得有机与严密。如在气氛上,强调的是"静"和"闹":"山寒水冷丹枫落"以寒、冷、落表现了气氛清寒萧瑟、静谧无声,但"争渡行人簇晚沙"则以争、簇、渡、行反映出人多、拥挤、繁忙的动态画面。又如在色彩上,注重的是"浓烈"和"浅淡":"菰叶蘋花白鸟飞"是素淡的绿色和白色,紧接着的"一张红绵夕阳斜"以挂满了半边天的暗红色来与之对照;不仅句与句之间是如此,在一句中也同样如此:首句写"山寒"和"水冷",实际上已经把山的苍翠色和水的青碧色写了出来,和枫叶的红色形成了对照。正是这种在气氛和色彩上的互相对比,互相衬托,互相补充,才使得这幅深秋江晚图显得画面色彩绚烂,让人读来觉得含蕴丰富。

【补充说明】

  在黄庭坚登快阁所咏的诗中，作于元丰五年（1082）的《登快阁》也许要算是最为著名的了："痴儿了却公家事，快阁东西倚晚晴。落木千山天远大，澄江一道月分明。朱弦已为佳人绝，青眼聊因美酒横。万里归船弄长笛，此心吾与白鸥盟。"这是一首律诗，却似歌行，于整齐中有转折。诗中除描绘出一幅高远明净的秋景外，也表达了诗人孤独傲岸的心绪。

晓出净慈寺送林子方①

杨万里

毕竟西湖六月中,风光不与四时同②。接天莲叶无穷碧,映日荷花别样红③。

【注释】

① 晓:早晨。净慈寺:全名"净慈报恩光孝禅寺",与灵隐寺为西湖南北山两大著名佛寺。林子方:作者的朋友,官居直阁秘书。 ② 四时:四季。 ③ 别样:特别。

【作意】

这是描写西湖六月风光的山水诗,表现了作者倾心于大自然美景的愉悦心情。

【作法】

全诗语言明白通晓,采用白描手法描绘出自然景色。和一般的山水诗不同,该诗对美景的赞赏不是放在最后,而是放在开篇两句,造成先虚后实的效果。

【鉴赏】

从诗题看,这是一首即兴之作。诗人早晨出门送朋友上路,路经西湖边。西湖六月的美景一下子吸引了他,征服了他,于是,这首著名的七绝便产生了。

"毕竟西湖六月中",当头一句,恰似凌空而来。这是猛然间看到景色之后所产生的惊喜交并的审美感受。如果是天天常见,不会如此;如果是一路上慢慢游览过来,恐怕也不会如此。作者用"毕竟"两字,既表现了此刻的惊喜,更强调了时间和地点。"风光不与四时同"紧接前句,完成了作者在惊喜的刹那脱口而出的赞叹:到底是六月的西湖啊——景色真与其他季节不同!中国古代一年有四季、五季两种分法。四季自是春、夏、秋、冬,每季中的三个月皆以"孟""仲""季"冠之。五季则是将夏季中的最后一月"季夏"(夏历六月)单独作为一季。因为这段时间的白天比较长,故而又叫长夏。用长夏补足五季,契合了以五行相配的原理,所以民俗曰"一年分五季,长夏主春秋"。此处第一、二句的口气,似问非问,目的只是在加重语气中由"毕竟"引出"不""同"。这个"不""同"是强调西湖夏历六月风光不同于他时他处:既不同于西湖的其他时节,也不同于六月的其他地方。这样,"不""同"两字就为西湖六月的独特美景作了足够的渲染。这两句还只是虚写,但已经足以吸引读者的注意力。

到底是怎样的不同呢?第三、四句被顺理成章地引出。"接天莲叶无穷碧,映日荷花别样红":放眼看去,那碧绿色的莲叶一望无际;在莲叶中间,亭亭玉立着由于阳光的照耀而红得特别艳丽的荷花。"莲叶"和"荷花"实际上只是同一种景物,诗人把它分拆在两句之中,并不怕重复累赘,因为他在渲染和烘衬上下了很大的功夫。你看:无边无际的莲叶一直铺展到天边,和天宇相连接,画面的气象阔大,这是作者开拓画面的空间位置和幅度的结果。荷花在初升太阳的映照下,自然会显得"别样红",但作者犹嫌不足,还把荷花放在蓝天和绿荷相融的底色中来表现,"别样红"岂不是更加理所当然吗?"无穷"

讲的是幅度,"别样"讲的是程度,"碧"和"红"讲的是浓淡相宜的色彩。通过这样的描写,"西湖六月""不与四时同"的景色留给读者的印象当然是鲜明、强烈的。读者如果有心,脑海中泛现出春季的柳浪闻莺,秋季的平湖秋月,冬季的断桥残雪等美景的话,那么,这夏日的绿莲红荷,是不是也会让你心醉呢?同时,诗人那善于捕捉典型形象入诗的灵感,随物赋形,敷色设彩,遣词炼字的功力,是不是也让你钦佩呢?

【补充说明】

杨万里一生写诗达两万余首,可惜只留存了一部分。空灵轻逸、饶有情趣也是"诚斋体"的重要特点。他写过很多山水诗,通俗活泼,清新喜人。下面的几首都是相当有特色的。《小池》:"泉眼无声惜细流,树阴照水爱晴柔。小荷才露尖尖角,早有蜻蜓立上头。"《秋山》:"乌桕平生老染工,错将铁皂作猩红。小枫一夜偷天酒,却倩孤松掩醉容。"《过松源晨炊漆公店》:"莫言下岭便无难,赚得行人错喜欢。正入万山圈子里,一山放出一山拦。"

感　春

张　耒

春郊草木明①,秀色如可揽②。雨余尘埃少③,信马不知远④。黄乱高柳轻⑤,绿铺新麦短⑥。南山逼人来⑦,涨洛清漫漫⑧,人家寒食近⑨,桃李暖将绽⑩。年丰妇子乐⑪,日出牛羊散。携酒莫辞贫⑫,东风花欲烂⑬。

【注释】

① 明:色彩鲜明。　② 揽:捞取。　③ 雨余:雨后。尘埃:尘土。　④ 信马:听任马漫步行走。　⑤ 黄乱:嫩黄色的叶子乱动。⑥ 绿铺:绿苗铺满田地。　⑦ 南山:指秦岭,西起甘肃省,经陕西省东到河南省。　⑧ 洛:洛水。源出陕西省,东流至河南省入黄河。⑨ 寒食:古代节日,在清明节前两天。　⑩ 绽:开放。　⑪ 妇子:妇女和孩子。　⑫ 辞贫:以贫穷为推托的理由。　⑬ 烂:鲜艳。

【作意】

这是一首描写农村初春景色的诗,表现了作者对老百姓生活的关心。

【作法】

以描绘自然景色为主,抒发作者对春天的感受,前四句交代游春的时间、地点、方式及总体的环境、气氛。中间八句写乡村春景。最后两句表达人们对春到人间的喜悦。全诗平易舒坦,不事雕饰,显示出平淡之美,而其中一些用词和对句也很有锤炼之功。

【鉴赏】

　　张耒的诗是学习白居易和张籍的,他很反对当时江西诗派堆砌雕镂的诗风,主张平淡,并认为写诗就应该表现一定的主题。《感春》共十三首,是诗人"以理为主"的诗歌理论的具体实践。这是第一首,是他早年在寿安(今河南宜阳)任县尉时所作。

　　"春郊草木明,秀色如可揽":诗的头两句将春天郊外的美丽景色作一总的描绘。农历二月,草木都新换绿装,所以看上去格外鲜艳明亮,那秀丽的景色似乎可以抓得住,采摘回去。这两句虽然没有具体描写春景,但读者从形容草木的"明"和秀色的可"揽"这两个字里,已经可以感受到那令人心旷神怡的春天气息。"雨余尘埃少,信马不知远":诗人是在雨后游春。春雨也是春天到来的特征之一。北方原野经过春雨的冲洗,清洁湿润,万物滋生。诗人骑着马,没有任何心理上的负担,有的只是轻松愉快的心情。所以在这春意盎然的郊野,任马漫步行走,贪看景色,根本不在意走了有多远。

　　于是,诗人由近至远描写所见到的春景:"黄乱高柳轻,绿铺新麦短",高高的柳树上,柳条上新发出嫩黄色的新芽,在春风里轻盈地乱舞;刚出土的麦苗绿油油的,像铺在田里一样。再望远处的秦岭,新涨的洛水,都引起诗人极大的兴趣;秦岭高大,马迎着它走过去,倒好像是它迎面过来;上涨的洛水,清澈无边。用"逼人来"形容秦岭的高大,是拟人化的妙笔。时近寒食节,桃李的蓓蕾随着天气变暖即将含苞怒放。村里的妇女、孩子因为丰年在望而喜上眉梢。太阳初升,牛羊已散放到草地上。眼前的美景再加上对丰收的期望,确实使人心情舒畅,不禁想好好庆祝庆祝。诗人或许看到有些村民携酒而归,或许仅仅联想到喝酒赏春其乐无穷,用诗的最后两句"携酒莫辞贫,东风花欲烂"表达了自己的心意:村民们并不富裕,但为了表达心头的喜悦,再穷也得去买点酒来赏春。春光是如此明媚,你看,在东风里,百花已开得非常鲜艳了。它们不久就会凋谢,那时春天也就过去了;所以,赶快及时欣赏,千万不要错过时机啊!

【补充说明】

张耒曾有"区区为对偶,此格最污下"(《与友人论文因以诗投之》)的主张。但在这首诗中,他自己也用了不少对句,如"黄乱高柳轻,绿铺新麦短","年丰妇子乐,日出牛羊散"等。

江　上

刘子翚

江上潮来浪薄天①,隔江寒树晚生烟。北风三日无人渡,寂寞沙头一簇船②。

【注释】
① 薄:逼近。　② 簇:聚集。

【作意】
这是描写冬天傍晚江上风景的诗。

【作法】
全诗用白描手法,先写潮来,次写烟树,再写江边即景,着意点染出寒冷与孤寂的气氛。

【鉴赏】
首句"江上潮来浪薄天","薄"字用得很准,开篇就造成了气势和气氛。潮涨水高,大浪冲天,这种景象是奇特而有气魄的。

但作者的目的却并不如一般写咏潮诗那样要突出潮涨的雄奇,而是渲染寂寞的氛围,所以第二句从潮来的近景移向远景——隔江的对岸。隔江对岸已经让读者产生出一种空旷之感,而就是在遥远的对岸那暮色明灭之中,烟树也在使人感受到一股萧瑟之气。天是

"寒"天,时是"晚"时,这就把冬日傍晚这一具体的时间说清楚了。

然后再从远景回到近景:北风劲吹了三天,增添了寒冷的氛围。无人渡江,因而只有江边渡口沙滩上簇拥着的一只只小船。完成了这幅冷色调的冬暮小品。

古代山水诗写江上景的并不少见,但这首《江上》自具特色。诗人用萧疏的笔墨,着意于布局构置和气氛的渲染。他所描述的形象如浪,如树,如沙,如船,处处都能配合诗的气氛和格调。同时,作者又善于用对比、烘托的手法。例如远景是隔岸暮色中缥缈的烟树,近景是江边沙滩聚集的渡船,在这远、近两"静"景之中,则是喧腾呼啸、波涛汹涌的大潮,"动"感十足;又如大浪排空,峰头薄天,几乎充斥整个画面,可算是"大"景,但又正是这个"大"景,烘托出"一簇船"的"小"景,从而把寒江景的萧疏之境尽行露出。这正是诗人画山绘水的功力所在。

【补充说明】

在刘子翚的诗里,作于"靖康之变"以后的组诗《汴京纪事》(二十首)也许要算最著名的了。试看几首:"帝城王气杂妖氛,胡虏何知屡易君!犹有太平遗老在,时时洒泪向南云。""联翩漕舸入神州,梁主经营授宋休。一自胡儿来饮马,春波惟见断水流。""空嗟覆鼎误前朝,骨朽人间骂未销。夜月池台王傅宅,春风杨柳太师桥。"这里有对南宋朝廷苟安的不满,有对汴京沦陷的嗟叹,也有对当年误国大臣的斥责。方回的评价是:"屏山《汴京纪事》绝句不减唐人。"

四时田园杂兴

范成大

土膏欲动雨频催①,万草千花一饷开②。舍后荒畦犹绿秀③,邻家鞭笋过墙来④。

【注释】

① 土膏:滋润肥沃的土地。动:指地气动,回苏。频:频繁、多次。 ② 一饷:即一晌,一会儿的意思。 ③ 畦:有土埂围着的长方形田地。 ④ 鞭笋:竹根上长出的嫩芽。

【作意】

这是一首田园诗,反映农村里春天到来时欣欣向荣的景象。

【作法】

前两句概括地描绘出春天全景,后两句缩小视野,从自家宅院的变化反映春色。最后一句极妙,将自家宅院的春景和墙外的春世界连成一片,把春天写得生动活泼,笔酣墨饱,令人如入其境。

【鉴赏】

范成大早年宦游四方,五十七岁以后退职,晚年在苏州石湖养病,把农村田园生活的见闻感受,随时写成绝句,前后共六十首,分"春日""晚春""夏日""秋日""冬日"五组,每组十二首。这组《四时田园杂兴》多方面地描绘了江南农村一年间的劳动和生活,也写到了在沉重的徭役与赋税下农民的悲辛和血汗。所以不但是范成大传诵最广、影响最大的力作,也算得上是中国古代田园诗之集大成者。我们这里所选的是这组诗中"春日十二绝"的第二首。

"土膏欲动雨频催,万草千花一饷开。"诗一开头便将春天到来的气势写了出来,春天一到,地先变动,土地解冻,地气回苏,而频频的春雨从天而降,催促大地的变化。天上地下,互相呼应,将春天迎到人间。它的结果便是"万草千花"破土而出,茁壮成长。诗人用了"一饷"来形容变化的迅速、整齐。春天的威力是不可抗拒的。一会儿的功夫,曾被冬天封锢的大地万物复苏了,整个世界一下子就完全改变了模样。

春天来到,气象万千,从何处着手将它细细表现出来?诗人决定从自己的宅院写起,因为这里的变化是他最先觉察得到的。"舍后荒畦犹绿秀,邻家鞭笋过墙来"两句视野很大,虽然所写不出宅院范围,但已足以反映春的降临。那片荒废了的园地,尽管无人耕耘,但野草野花却拼命地长,使那儿已成了嫩绿一片。邻家的竹根从墙底穿越而过,在我家宅院里冒出了嫩笋尖。诗人将笔墨着意这墙角的几枝小笋上,可谓传神之笔,一方面,这些破土而出的"鞭笋"形象地表现出春的强大生命力,另一方面,这些笋所反映的春天气息,实际上已经是墙外世界的东西了。这首诗的特点之一是富有泥土气息。对农民来说,春天并不仅仅在于"万草千花",春天是在解冻后松动的泥土中,在屋后的荒地上,在墙脚边的表土下。特点之二是以小见大。诗人在后半首虽收缩视野,从小处着笔,却不忘歌颂春到人间的大趋势,总格局。几枝小小的"鞭笋",将宅院墙内的春景与墙外的春景连成一片,这样,这首诗反映出的主题就深远广大了。如果联系这首诗写作时,正值宋金对峙,暂处休战局面,那么,诗人在诗中流露出对春天到来的感受大概也夹杂着政治的因素。

【补充说明】

　　元末明初,有一种传说,说宋孝宗本想让范成大做宰相,因为觉得他"不知稼穑之艰",结果作罢。范成大得知这一情况才写了《四时田园杂兴》,以表明自己是了解农业生产,关心农民生活的。此说颇有疑。因为范成大早年也有一些忧稼穑、怜老农的作品。如果孝宗认为此不足以证明他知稼穑之艰,那么田园杂兴写得再多也是没用的。

晚泊孤舟古祠下
满川风雨看潮生
　　——旅　情

鲁山山行①

梅尧臣

适与野情惬②,千山高复低。好峰随处改,幽径独行迷。霜落熊升树③,林空鹿饮溪。人家在何许④?云外一声鸡。

【注释】

① 鲁山:一名露山,在今河南鲁山县东北。　② 适:恰好。惬:恰当,相合。　③ 升:爬。　④ 何许:何处,哪里。

【作意】

这是描写山行所见景色的山水纪游诗。作者在写尽景色幽谧奇峭的同时,也表露出热爱山水的情趣和审美格调的优雅。

【作法】

作者先写山行所见静景,继写所见动景。动静相辅相补,构成了一幅饶有情趣的画面;写静景是为了突出动景,而动景写出又加重了静景。这是此诗写作的最大特点。

【鉴赏】

宋仁宗康定元年(1040),作者知襄城县(今河南襄城)。鲁山就在与襄城县西南接壤的鲁山县境内。作者就是在任内去游山,作下此诗的。

首句开宗明义,自我介绍是大自然的爱好者,恰好跟我喜爱自然风物的情趣相合。是什么东西跟他那喜爱自然风物的情趣相合呢?作者在倒装的第二句中才加以说明:就是那忽高忽低、高高低低、叠叠重重的山峰啊!重岭叠峰的险峻、壮丽,可以有多多少少繁复的词句来加以形容,但作者在这里并不追求字、词的精工,只用明白如话的"千山高复低"就把山峰的高低之态写足了。而这种简淡的表述,也和作者的"野情"相般配:脾性所好就是纯朴风光的本来面目嘛,何必要修饰太过呢?这两句表面上只写了静态的山,但是题目中的"行"也隐含其中了,因为不"行"是难以体会山峰高而"复"低的。

颔联是直接写"行"了。随着诗人一路行走,"好峰"在诗人的眼中也自然而然不断地改变着它那美好的形态。"随处改"充分表现出山景的变幻之姿。作者在山中踽踽而行,突然在"幽径"中迷了路。和第二句一样,作者仍然没有花费功夫去寻词觅句来形容山行所见,而只是用很平常的"好"来修饰"峰",以惯常用的"幽"来修饰"径"。至于山峰的变化是怎样奇幻秀美,山间小路是怎样幽邃深渺,那就留待读者从"随处改"和"独行迷"中去领略和想象了。平实之词蕴含曲折之意,这就是作者的功力所在。后句中的"独"字还是相当传神的:诗人有"野情",当然喜欢"独"行;"独"行而终至迷路,这正是"野情"浓烈的结果,"径""幽"而曲折如肠的结果,"好峰随处改"而难以辨认的结果,"千山高复低"而峰回路转,行之久远的结果。

颈联所写的景是动景:黑熊在爬树,野鹿在饮溪。"霜落"和"林空"是景色描画,也是时间交代。黑熊体形笨重,本来是不会爬树的,现在却在进行这种戏耍;野鹿生性胆小,稍有风吹草动就要逃跑,此刻却能安静地饮水,这完全是在"霜落""林空"的时刻才会有的情形。

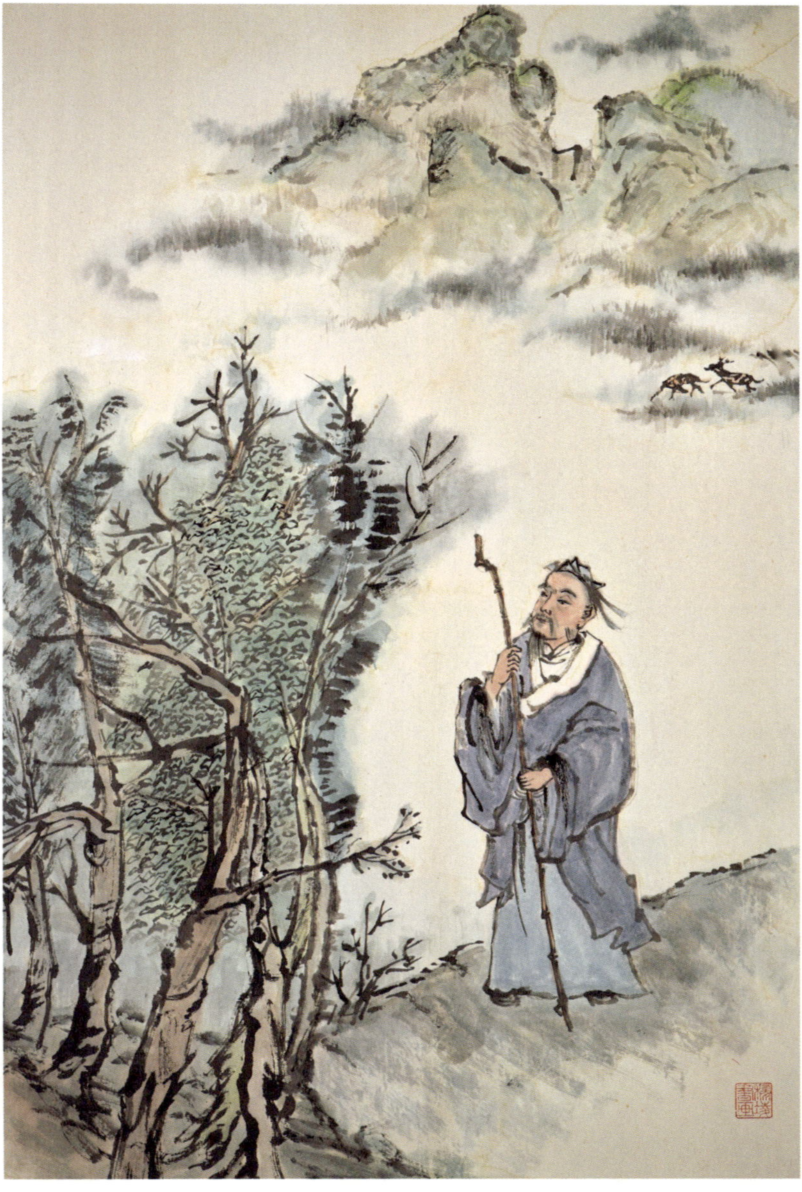

"山行"的诗人眼中的这两幅动景图,恰恰是渲染和加重了山林寂静与悠闲的气氛。充满"野情"的诗人看到这样的画面,怎么会不觉得兴味盎然呢?

诗人迷路山径,心中自问:"人家在何许?"这时,高天云外传来一声响亮的鸡鸣,似乎是在回答诗人的提问,也似乎是在对诗人发出友好的邀请。"云外一声鸡",见云而不见鸡,闻鸣却如见物,也真是很好的构思。由林中及至云外,拓开了诗的境界天地,以声入画,起到了点活意境的作用,而雄鸡的那一声引领长啼,则把作者的喜悦心情畅露无遗。结尾自然,余音袅袅,正是最后一联的妙处。

【补充说明】

梅尧臣推崇平淡诗风,他在《读邵不疑学士诗卷》中认为:"作诗无古今,欲造平淡难。"胡仔在《苕溪渔隐丛话后集》也称赞他的诗"工于平淡,自成一家",并举了下列诗句作为例证:"野凫眠岸有闲意,老树着花无丑枝"(《东溪》);"鸠鸣桑叶吐,村暗杏花残"(《春阴》);"月树啼方急,山房人未眠"(《杜鹃》);"人家在何许? 云外一声鸡"等。通读《鲁山山行》,觉得确实如此。所有的景物形象都朴素而平实,但蕴含的趣味却深盈。真是淡中有真,淡中有情,淡中有味,淡中有浓。无怪冯舒评论此诗时说:这首诗还没有辨别出是宋诗,但却已经知道是梅尧臣的诗了。

淮中晚泊犊头[①]

苏舜钦

春阴垂野草青青[②],时有幽花一树明[③]。晚泊孤舟古祠下,满川风雨看潮生[④]。

【注释】

① 淮中:淮河中。犊头:淮河岸边的一个小地名。　② 春阴:春天的阴云。　③ 幽花:隐现在树丛中的花。　④ 满川:整条河上。

【作意】

这是一首咏景诗,写的是淮河行舟即景。

【作法】

诗人在这首诗里以春阴、青草、幽花、独树、孤舟、古祠、风雨、浪潮等特定的景物,浓重地渲染气氛,用情景相生的手法抒发了内心情感。

【鉴赏】

作者是以欧阳修为中心的诗文革新运动的重要作家之一。曾被范仲淹荐为大理评事、集贤校理、监进奏院。后为权贵所忌,以细故削籍为民。这首诗作于作者遭贬以后,乘舟泛淮水赴吴中途中。

诗的前半首写白天行舟淮河时所眺望到的两岸景色:春雨欲来,

阴云低垂在草色青青的原野上,有一种淡淡的压抑之感,紧接着的"时有幽花一树明"一句,就把这种沉闷的气氛冲破了。春天的明丽和生气映现在画面之中。"时有"两字用得很巧妙:作者不直写船在水中行走,却用岸上有时候出现"幽花一树"的变动着的景来反衬船的动,让人觉得怡然。

后半首则描写了傍晚时分停舟犊头后所看见的水上景象。夜幕垂临,古祠独耸,孤舟系泊,这是一种凝固了的静谧。如果最后一句还是加重这种静谧,当然也完全可以写得很好。但是诗人并不如此,他所注意的是随着满川风雨,潮水迅速地涨起来了。短短一句,风势、雨势、水势和风声、雨声、水声都尽入读者的眼、耳之中了。后半首看起来仍是在写景,但是那种静谧之后的喧腾,那种动荡烘托的静谧,实在是吐露了作者内心孤独、寂寞以及起伏不平的感情。可以作参证的还有他的另外一首诗的结尾:"好约长吟处,霜天看怒潮。"抒情而以景语作结,余音袅袅,是耐人寻味的。

【补充说明】

苏舜钦与梅尧臣齐名。如这首《淮中晚泊犊头》一样,他的山水诗一般不以再现自然美见长,笔下的景物多带有较强的主观色彩。另有一首也是写淮河行程的《和〈淮上遇便风〉》也是这种风格:"浩荡清淮天共流,长风万里送归舟。应愁晚泊喧卑地,吹入沧溟始自由。"

忆钱塘江①

李　觏

昔年乘醉举归帆②,隐隐前山日半衔③。好是满江涵返照④,水仙齐著淡红衫⑤。

【注释】

① 钱塘江:浙江下游杭州段称之为钱塘江。　② 举:高挂。③ 衔:吞。　④ 涵:容受。　⑤ 水仙:泛言水中女神。著:同"着",此处为穿(衣)意。

【作意】

这是描写钱塘江薄暮夕照景色的山水诗,寄托了作者为美丽的湖光山色所醉所悦的心情。

【作法】

全诗以回忆方式写景。在交代了当时的时间和位置之后,有机承合地描述了江面奇景。其中所用的想象和比喻,是山水诗中不多见的。

【鉴赏】

在中国古典山水诗中,咏钱塘江的不少;而在这些诗中,又多咏钱塘江大潮的作品。那种"怒涛卷霜雪"的情景和"万马战犹酣"的气势,大概是任何见过的人都难以忘怀的。随手举来,可以看看唐代朱庆馀的《观涛》:"木落霜飞天地清,空江百里见潮生。鲜飙出海鱼龙气,晴雪喷山雷鼓声。云日半阴川渐满,客帆皆过浪难平。高楼晓望无穷意,丹叶黄花绕郡城。"宋代陈师道的《十七日观潮》:"漫漫平白走白虹,瑶台失手玉杯空。晴天摇动清江底,晚日浮沉急浪中。"宋代郑獬的《观涛》:"怒涛沃日为之阴,下有蛟龙不测深。若比人间恶风浪,长江风浪本无心。"

然而,钱塘江还有它那秀美、奇丽的一面。《忆钱塘江》的作者李觏就是抓住了这一面,不落他人窠臼,为我们留下了钱塘夕照的瑰丽画面的。

首句"昔年乘醉举归帆",切中题意:因为是"昔年"之事,所以今天才来"忆"。作者是南城(今江西南城)人,从杭州回故乡可走水路,"举归帆"正说明船驶钱塘江。为什么是"乘醉"?头脑清醒地观赏两岸风光,岂不是更加看得清晰,也更加记忆分明吗?我们且读下去就可以清楚了。

第二句"隐隐前山日半衔"写的是落日景观。诗人坐在船上,只见远处山影隐隐,西下的夕阳有一半已经被山遮没,还有一半留在山外,发出金光。此处的"衔"字是神来之笔,一则显示了"山"和"日"的方位,太阳是从山上逐渐西沉的;二则显示了"山"和"日"的关系,远山好像张开了嘴巴,吞下了半只金乌(太阳)。这种情景状态实在是算得独特,因为在"衔"字的牵引之下,山和日都写活了。作者用"隐隐"修饰"前山",可以说明水面的宽阔。

作者把目光从远山收回,注视着浩渺的江面:只见钱塘江面无拘地容受着夕阳余光的洒照,呈现出一片红光,江面上的片片白帆也都染上了一层淡淡的红色。在诗人看来,这真像一个个身着淡红衣衫的水中女神,在那里轻移莲步,翩翩起舞呢!这又是多么奇妙的景象!

远山可以衔日,白帆变成水仙,这里的想象和比喻是极富于浪漫色彩的。现在我们也许可以知道为什么首句中要"乘醉"了。首先是钱塘江的美景迷住了诗人,当船儿临风、扬帆南去时,充满对大自然热爱之情的诗人大概禁不住要开怀痛饮吧。当然,这只是我们的猜测,也有可能船行至此,诗人已经醉了。但其次一点则是可以确定的,即因为是"乘醉",所以从惺忪、朦胧的醉眼中看来,那种远山衔日,水仙起舞的奇景是完全合乎情理的了。

唯其如此,诗人才有了最深的印象,才会在几年之后依然难以忘记而要"忆"钱塘江了。

【补充说明】

李觏家境贫苦,自称"南城小民"。他的诗以奇特取胜,而且特别注意炼字。他有一首《苦雨初霁》:"积阴为恙恐沉绵,革去方惊造化权。天放旧光还日月,地将浓秀与山川。泥途渐少车声活,林薄初干果味全。寄语残云好知足,莫依河汉更油然。"其中的"革""活""全"等字,都用得看似平常而十分精到。

泗州东城晚望①

秦 观

渺渺孤城白水环,舳舻人语夕霏间②。林梢一抹青如画,应是淮流转处山③。

【注释】

① 泗州:故城在今江苏盱眙县东北,淮河岸边,当时又称泗州临淮郡。清代时已沦入洪泽湖中。 ② 舳舻:船舵和船头。《汉书·武帝纪》有"舳舻千里",颜师古注引李斐曰:"舳,船后持舵处也;舻,船前头刺棹处也。"夕霏:傍晚的云霞。 ③ 淮流:淮河。

【作意】

这是一首山水诗。作者描写了淮河下游的水乡晚景,清丽如画。

【作法】

这首诗的写法是由远及近之后再由近转远,以动态补充静态,以声音补充画面,产生了清新秀美的特点。

【鉴赏】

全诗入笔之处,是傍晚时分诗人眼中的泗州东城。这是一座坐落在淮河入洪泽湖边畔上的水城,远远望去,遥远的孤城被河水环绕着,"白水环"三个字描写得相当概括又十分具体。画面被拉开得很远。因为远,就看得不太清楚,只能见到轮廓与概貌,因此"孤城"是用形容悠远貌的"渺渺"来修饰的。这一笔写得很淡,但因为突出了"渺渺"和"白水环",就把典型的中国画意境突出了。在中国山水写意画中,大片的露白或许是缭绕的白云,或许是浩渺的江水……诗人站在船上,眼前的一片白水愈来愈大,而远处的孤城则愈来愈小,一连串的联想皆会由此而生。

　　作者把目光从远处收回,眼前是一片百舸竞流的景象。一条条大船掩映在夕阳的余光之下,船上不时传来声声的人语。"夕霏"一词最早见于南朝谢灵运《石壁精舍还湖中作》的"林壑敛暝色,云霞收夕霏"两句,但谢诗写的是静止中的湖光山色,而此诗写的则是运动中的"舳舻"和"人语",造成了有声有色的效果。首句中远城被白水环绕,意境确实是深远的,但是显得比较空疏,这一句衬以笑语荡漾,顿时给寂寥的画幅增加了生气;而经过对船队和"人语"的点染,不但画面本身充实了,连作者体现在诗中那种轻松的感情色彩也显得丰富起来。

　　第三、四句,又是作者目光由近及远之后的景色描画:树林梢头露出一抹青色,仿佛是画家的一笔,那该是淮河转弯处的青山吧! 这两句语气委婉,色彩淡雅,十分细腻而传神。诗中所描写的淡青色的一抹,从绘画角度来看,是在为整幅画面增加色彩和表现内容。从诗本身的要求来看,则是承上启下的重要环节:船在江上行,人在船头站,两岸景色尽收眼底,所见林梢头上的青色,用"一抹"是最妥帖不过了,而由林梢画及青色,由青色推及河水转弯,再由河湾推及青山,这样的构思应当说是极其细致而又巧妙。水、山、林木以完整的形象出现,交织在一起,加上作者的感受,使全诗表现得深远而充实,淡雅而丰富。而这,正是秦观诗的特点。

【补充说明】

秦观赋词写诗，对于用字极为用心，务求精确，以至后人称他用字"铢两不差，非秤上秤来，乃等子上等来也！"这首作中用"抹"字来形容在船上所见岸边林梢之上的山色，即是例证。在他的名篇《满庭芳》词中也曾用此字："山抹微云，天粘衰草，画角声断谯门。"这里的"山抹微云"既是景语，又是衬染别离的情语，十分精妙，所以苏轼称他为"山抹微云君"。

剑门道中遇微雨①

陆　游

衣上征尘杂酒痕②,远游无处不消魂③。此身合是诗人未④?细雨骑驴入剑门。

【注释】

① 剑门:亦名剑阁、剑门关,在剑州(今四川剑阁)大剑山与小剑山之间。　② 征尘:旅途中所染上的灰尘。　③ 无处:到处。消魂:此处是神往、心醉的意思。　④ 合:应是。未:疑问之意,与"否"同。

【作意】

作者骑驴经过剑门,途中的奇丽景色使他迷醉。但作者是志在卫国杀敌,收复失地的男儿,并不甘心充当行吟驴背的诗人,复杂而矛盾的心情在这首绝句里表达得相当充分。

【作法】

诗的首二句和末句皆写入剑门的景况、时间和道中景象;第三句以自问形式,含蓄地抒发了复杂的感情。写景的数句充满诗情画意,使感情的抒发愈加显得沉凝和厚重。

【鉴赏】

孝宗乾道八年(1172)冬天,陆游由南郑(今陕西汉中)四川宣抚使王炎军中调回成都,就任成都府路安抚使司参议官。此时,王炎已被调回临安,曾经红火一时的南郑前线军国大事也已冷落。诗人从前线回后方,心中思绪万端。这首诗就是在回程途中所写的。

诗人入蜀,走的是被称为蜀地门户的剑门。剑门在大剑山和小剑山之间,有阁道三十里,形势非常险要。在一个细雨蒙蒙的日子里,衣上沾满了征尘并杂染着酒痕的诗人骑着毛驴,慢悠悠地行进在险峻的山路上,这该是一幅多么有情致的图画。但是,诗人却是别有一番滋味在心头。

南郑军营生活的结束,使诗人又一次感到自己抗战杀敌的抱负难以施展,心中的惆怅是自然的。他已经四十八岁了,过去数十年间行万里路,奔走于大江南北,孜孜以求的是亲身参加恢复大业。他所游历过的祖国山川,处处都给他留下了美好的印象,处处都让他神往心醉,也就更加坚定了他矢志报国的决心。今天,面对着被李白和杜甫叹誉过的剑门(李白《蜀道难》:"剑阁峥嵘而崔嵬,一夫当关,万夫莫开。"杜甫《剑门》:"惟天有设险,剑门天下壮。")那连山耸立,群峰如剑的气势,那逶迤、高峻、奇丽、峭拔的景象,更让他"消魂"。但是,他毕竟是离开了火热的前线去安定的后方,虽然那里有同是著名诗人的朋友范成大(时任成都府路安抚使)在等待着他,但终究未免怅然。"衣上征尘杂酒痕"既是外貌的描写,更是心理状态及感情的刻画。

驴子善走而不善奔。骑在驴背上迎着细雨,很便于运思低吟,所以驴子仿佛成了诗人特有的坐骑。唐代就有不少诗人骑驴的佳话和故事:《合璧事类》载李白骑驴游华阴事,杜甫《奉赠韦左丞丈二十二韵》有"骑驴十三载,旅食京华春"句,宋有碑本杜甫"近旦东风骑蹇驴"的画像，李贺常带小奚奴骑驴觅句，贾岛骑驴赋诗，孟郊为溧阳尉时常骑驴出游，苦吟至日落西山而回，郑綮有诗思在灞桥风雨中驴子背上的说法，孟浩然雪中骑驴，等等。至于四川那片土地，似乎也和诗人有着不了的缘分：李白成长于四川，在二十六岁"仗剑去国，辞亲远游"时，诗作就已经很成熟。杜甫在饱经战乱，经历了千辛万苦的跋涉之后，在朋友们的帮助下于成都城西的浣花溪畔建成了一座草堂，自此，在他的创作上出现了一个新的艺术天地，所以韩愈《城南联句》有"蜀雄李杜拔"的称誉。高适、岑参、韦庄都曾入川。晚唐诗僧贯休骑驴入蜀时留下的"千水千山得得来"更是流传甚广。宋人皆认为和杜甫一样，黄庭坚入川后诗思大进。作者今天入川，怎么会不激起如此种种的遐想？骑驴遇雨，不正与灞桥风雪的情景相仿佛吗？两年前他入陕时在四川巴东遇小雨，已经有"从今诗在巴东县，不属灞桥风雨中"之句，现在在剑门道中遇微雨，更要禁不住诗兴汹涌如潮了。骑在驴子背上联想及之而自问一声，我究竟应该算是一个诗人吗？正是以上种种联想的结果。

　　景色是奇丽的，联想是悠远的，"细雨骑驴入剑门"的意境是安闲清逸的，但诗人的感触却复杂纷纭：剑门关作为蜀道的咽喉，而他却以诗酒之身，"细雨骑驴"而入，情景实在是矛盾的。一方面，诗人固然可以尚友古人，鞭策自己，甚至还有几分对于这种浪漫情调的诗人生活的欣赏；另一方面，他毕竟是志在恢复中原，以身许国的壮士，绝不甘心仅仅以诗人自限，所以，在"细雨骑驴入剑门"这种充满诗情画意的氛围中，"此身合是诗人未？"这声自问，蕴含着的愉悦、悠然、辛酸和感叹，真正是韵味深长而文字不可能尽表的。这首七绝中的境多诗意，人多诗情，是融合在每一个字中的。

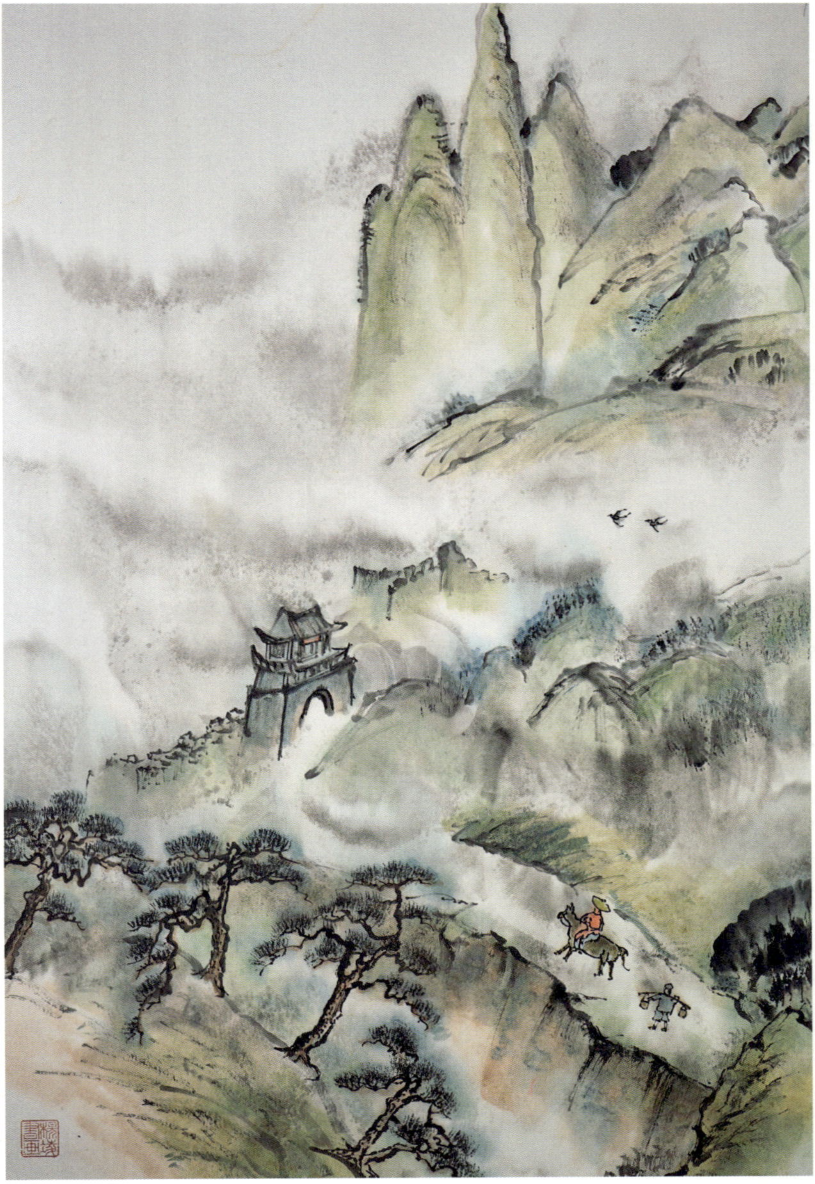

【补充说明】

　　入蜀以后,陆游果然如自己"西游万里亦何为?欲就骚人乞弃遗"之想,作出了许多好诗。五十二岁那年,他因主张抗战而为当权者所忌,被言官冠以"燕饮颓放"的罪名而免去了知嘉州的任命,于是他索性自号"放翁",以示不与世俗合流。

三衢道中[①]

曾几

梅子黄时日日晴,小溪泛尽却山行[②]。绿荫不减来时路[③],添得黄鹂四五声[④]。

【注释】

① 三衢:三衢山,在今浙江衢县境内。　② 泛:指游船泛水。却:又。　③ 不减:差不多。　④ 黄鹂:黄莺。

【作意】

这是一首咏写夏日山行的所见所闻的纪游诗,描绘了浙西山区的明媚春光和游人的愉快心情。

【作法】

诗的前两句写季节和泛舟,后两句写山行。层层深入,写得富于变化。

【鉴赏】

"梅子黄时"点明了季节:正是农历四月,初夏时分。这个季节惯常是阴日连绵,少见晴日的。但作者遇到的却是"日日晴"的连续好天。对于旅游者来说,这应当是天公作美了。作者在小溪里坐船到了尽头,弃舟上岸又改走山路。三衢山地区有山有水,"三衢道中"的

"道",既是水道也是山道。作者用这一句既点了题,又把三衢山地区山水相间的景色描绘了出来。

第三、四句描写的是山行时所见所闻:放眼看去,绿树浓荫还是同来的时候一样,只是添了四五声黄莺的鸣叫。作者在诗中没有写"来时路"的情景,但却通过"绿荫不减"告诉了读者"来时路"上所见;而现在的归时路呢?除了"绿荫不减"之外,娇莺的啼鸣是"添"出来的,这就使来时路和归时路在相同之中显出了差异,让读者在丰富的画面前得到了多样化的审美感受。尤其突出的是,诗人所添加给画面的,并不是如一般地在"色"上加重笔彩(因为前面已有了梅黄荫绿,山青溪明,尽已足够了),而是重于"声"。黄莺的啼鸣点活了画面,使得静中有动,意境深邃。

清新喜人,浓淡得体是这首短诗的最大特点。它没有把要写的景、物一开始就写尽,而是在比较中逐次写来。不仅语精,而且意妙。用莺啼声作结尾,历来是为人们赞叹的传神之笔。

【补充说明】

曾几曾因触忤秦桧去职,他具有强烈的爱国、报国情感。陆游记自己绍兴末年在会稽谒见曾几的印象说:"先生时年过七十,聚族百口,未尝以为忧,忧国而已。"曾几客居吴兴时所作的《寓居吴兴》是这种"忧国"之情的代表作:"相对真成泣楚囚,遂无末策到神州。但知绕树如飞鹊,不解营巢似拙鸠。江北江南犹断绝,秋风秋雨敢淹留?低回又作荆州梦,落日孤云始欲愁。"

何事吟余忽惆怅
村桥原树似吾乡

——乡　恋

何事吟余忽惆怅　村桥原树似吾乡——乡恋

村　行

王禹偁

马穿山径菊如黄,信马悠悠野兴长①。万壑有声含晚籁②,数峰无语立斜阳③。棠梨叶落胭脂色④,荞麦花开白雪香。何事吟余忽惆怅⑤?村桥原树似吾乡⑥!

【注释】

① 信马:骑者任凭马漫步行走。悠悠:安闲自在的样子。野兴长:在野外游览的兴致很浓。　② 万壑:许许多多的山沟。晚籁:黄昏时从空旷处发出的声音。　③ 数峰:几座山峰。　④ 棠梨:即杜梨,一种落叶乔木,树身高大,叶长圆形或菱形,果实较小。　⑤ 何事:为何,为什么。吟余:吟诗之后。惆怅:伤感、失意的样子。⑥ 原:原野。

【作意】

这是一首写景抒情的诗,表达了作者对大自然的热爱和对家乡的怀念。

【作法】

起首两句突出"行"字,在动态中写景,中间四句是对大自然的赞美,由下而上,由远而近,最后两句以一问一答,平起波澜,将内心深处的感受托出。全诗风格飘逸,修辞精巧自然,联句对偶工整,感情真实,深得白居易七律的精神。

【鉴赏】

  淳化二年(991)王禹偁因论庐州尼道安诬讼徐铉一事而被遣出朝廷,贬为商州(今陕西商县)团练副使。在商州一年半左右的时间里,他写了不少山水诗,《村行》是其中一首。

  诗的头一句既是描写一幅动态画面,又是交代诗作的时间、地点。骑着马穿过山中的小道,道旁盛开着黄色的菊花。诗人吟咏景物的地点是穿过山径,将近村口之处,时间则在黄菊初开的时节。"信马悠悠野兴长",由马及人,马走得悠悠自在,是因为人游兴正浓,贪看景色,不计远近,才放任坐骑漫步而行。

  看到了什么景色?接下去便一一描述出来。"万壑"是形容山沟很多,显然那里是群山连接,景色幽深之地。山沟有声,这声音可能是山涧淙淙,也可能是风声萧萧。空谷回音,反而突出一个"静"字。"晚籁"是"有声"的重复,进一步说是一种空旷处发出的清幽之声,而且还点明时间,呼出下句的"斜阳"。"含"字也用得很妙,好像所有的声音都在这空谷万壑中回响,除此之外,别无他声。然而,诗的最精彩之句当推"数峰无语立斜阳"。且不说颔联对仗精工,音节响亮,单论此句的立意已属上品。山峰本不能言,说它"无语",似乎是句废话,但是如果改成"数峰毕静"则诗味大减。因为说山峰"无语"仿佛暗示它原先有语,能语,欲语,而现在忽然不语了。耸立在斜阳中的山峰是那样壮丽美观,人对山而忘言,山对人而无语,人与自然契合无间,融为一体。夕阳在山,秋声四起。以万壑晚籁和数峰夕照这样一闹一静的境界相互映衬，更显出大地的辽阔和沉静。

　　颔联描写的是大景、远景。接下去的颈联则从近处、小处落墨：棠梨成熟了，秋风吹落了它的叶子，累累硕果挂满枝头，在夕阳下红如胭脂；荞麦开花了，农田一片雪白，飘来阵阵清香。这两句虽然都是写近景，却也从上到下，从果到花，从红到白，安排得繁而不乱，使人很容易想象出当时的场景。

　　棠梨经霜叶红，荞麦花开如雪，绚丽的秋日郊原，色彩竟是这样缤纷，当叫人心旷神怡，流连忘返。然而，此刻诗人的心头反而升起一股忧伤之情；吟咏了大自然之美后，却引起一种伤感失意的情绪，这是诗人自己也没料到的，所以要提出一问："何事吟余忽惆怅？"原来，他模模糊糊地感到这些北方山村晚秋常见的景象竟如此熟悉和亲切时，"村桥原树"便帮助他一下子打开了记忆之窗：眼前的山村风光正是故乡风物的再现啊！于是，悠悠不尽的野兴顿时转为不可遏止的思乡之情了。由此又想到贬官在外，有家难回，有抱负不能施展，更是忧愁感叹。最后两句是抒情，却又是写眼前之景，是全诗的转折点。山行引出野兴，野兴转为乡思，感觉从朦胧转为明朗，其间微妙的心理变化写得是真切感人的。

【补充说明】

　　王禹偁自许"本与乐天为后进，敢期子美是前身"。他的七律诗风格近似白居易，受杜甫的影响也不浅。他在商州的另一首名作《日长简仲咸》也体现出语言平易而含蕴丰富的特点："日长何计到黄昏？郡僻官闲昼掩门。子美集开诗世界，伯阳书见道根源。风飘北院花千片，月上东楼酒一樽。不是同年来主郡，此心牢落共谁论？"

游金山寺①

苏轼

我家江水初发源②,宦游直送江入海③。闻道潮头一丈高,天寒尚有沙痕在④。中泠南畔石盘陀⑤,古来出没随涛波。试登绝顶望乡国⑥,江南江北青山多。羁愁畏晚寻归楫⑦,山僧苦留看落日。微风万顷靴文细⑧,断霞半空鱼尾赤⑨。是时江月初生魄⑩,二更月落天深黑。江心似有炬火明,飞焰照山栖鸟惊。怅然归卧心莫识,非鬼非人竟何物⑪?江山如此不归山,江神见怪惊我顽。我谢江神岂得已⑫,有田不归如江水⑬。

【注释】

① 金山寺:旧名泽心寺,又名龙游寺,是有名的古刹。在江苏镇江东南长江中的金山上(现金山已与南岸相连)。 ② 旧说长江发源于四川岷山。苏轼是四川人。 ③ 宦游:离家到外地做官。 ④ 沙痕:沙岸上留存的涨潮时的痕迹。 ⑤ 中泠:泉名,在金山西北。盘陀:高大堆垛的样子。 ⑥ 乡国:家乡。 ⑦ 羁愁:远游作客的忧愁。楫:划船的短桨,此处是船的代称。 ⑧ 靴文:皮靴上的细纹。"文"同"纹"。 ⑨ 鱼尾赤:鱼尾一样的火红色。 ⑩ 魄:古代记叙天象的术语,指月球被地球遮住的阴影露出光亮,此处即指初月

的光亮。　⑪ 作者自注："是夜所见如此。"　⑫ 谢：谢罪。岂得已：哪里能够不做。　⑬ 如江水：古代对着江水发誓时的用语。如《左传·僖公廿四年》记晋公子重耳对子犯说："所不与舅氏同心者,有如白水！"

【作意】

　　这是一首纪游诗。作者登金山临眺长江,引发出无限乡思和政治上不得意的牢骚苦闷。

【作法】

　　全诗二十二句,共分为三个层次。第一层次描写金山寺所在的金山之景色；第二层次描写登临金山寺游览,眺望黄昏落日和深夜炬火的江景；第三层次则抒发了游观以后的感慨。这首七古写景富于变化,气态各异,抒情激发起伏,语峻意切,是咏金山诗中的上乘之作。

【鉴赏】

　　神宗熙宁三年(1070),任殿中丞直馆判官告院,权开封判官的苏轼因与主持朝政的王安石政见不合,又不能忍受朝官谢景温的诬陷,于次年请求外任,被授杭州通判。赴任途中,途经镇江,十一月初三往游金山寺,访问宝觉、圆通两僧。这首诗就是当夜所写。

　　开篇至"天寒尚有沙痕在"四句是第一层次,描写的金山景胜及远望的概貌。金山原在长江中,又称金鳌岭或浮玉山。金山寺始建于东晋,初名龙游寺,又名泽心寺、江天寺。后因开山得金而改名。宋真宗梦游山寺,赐匾额,名声更盛,成为江南名胜,寺也得以成为

"诸禅刹之冠"。三十六岁的苏轼沿山登寺,眺望远方。他宦游万里,如今在扬子江下游看见从家乡流来的江水,思绪亦如波涛汹涌。首二句"我家江水初发源,宦游直送江入海",点出了思乡的主题和他今日所在金山的位置。从长江上游处来的我宦游至此,亲自送长江入海,这会引发什么样的感触!这两句发端不凡,一直被后人称道。陈衍《宋诗精华录》认为它"一起高屋建瓴",施补华《岘佣说诗》认为这两句"确是东坡游金山寺发端,他人抄袭不得",汪师韩则认为"起二句将万里程、半生事一笔道尽"。"闻道潮头一丈高,天寒尚有沙痕在"两句虚写了长江潮涨的景象。因为游时是"天寒"的季节,所以见不到那种白浪接天,波涛激荡,"潮头一丈高"的景况,故而用了"闻道";但这确系实情,所以诗人看看沙滩,果然有着涨潮时的痕迹。长江的概貌,被诗人大笔一挥,粗粗地勾画了大致。

  从"中泠南畔石盘陀"到"非鬼非人竟何物"共十四句,描写的是在金山一天游览的所见所闻所思:中泠泉即是闻名天下的"天下第一泉",金山在"中泠南畔"。金山高大堆垛、巨石突兀,它西边山脚下的那些山石,自古以来总是波浪掀起就被淹没,退潮就显露出来。诗人登上山的最高处,千里江山尽收眼底。看着滚滚而来的大江,真希望一眼就能看到万里之外的故乡;遗憾的是两岸青山太多,遮住了他的视线。思乡之情陡生,客旅他乡的忧愁自然随之到来。诗人看到天色将晚,准备找船摆渡回城,但是好客的僧人告诉他此处的落日是值得一看的景观,尽力把他留了下来。诗人俯视江面,只见微风吹来,广阔的江面上皱起如皮靴上的细纹一般的波纹;半天里一片片晚霞,显出像鱼尾巴一样的火红色。诗人被这种奇景所吸引,久久不愿离开,不知不觉就从弦月初现流连到二更月落。月落之后,整个天幕黑暗深沉,江面上突然出现了如火炬一样明亮的燃烧物;那光亮映照着整座金山,惊飞了栖鸟,也使诗人极为吃惊。看着这种奇异的景象,诗人的心情由兴奋陡变为惆怅、惘然,当他上床就寝时,对这现象依然百思而不得其解,他的脑海中有一个大大的问号:"非鬼非人竟何物?"

第三层次就由这个问号引出,抒发了诗人的感慨:江山这样美好,我却不弃官回乡退隐,莫不是江神对此感到奇怪,也责怪我过于恋栈,太顽固了。我对江神谢罪说:我哪里是愿意这样做啊!要是在家乡有田可耕,一定马上归山退隐!全诗以此四句作结,诗人把自己的心情完全坦露出来。

思乡欲归是本诗的主题。诗人在表现这个主题时是安排得张弛相间,层层推进的。"我家江水初发源"便切中主题;待到他"试登绝顶"时,便迫不及待地要"望乡国";因为太"多"的"青山"阻挡了望眼,使得他顿生"羁愁";江面出现异观,诗人心有所应,极为"怅然";他觉得这是江神"惊"其"不归山"之"顽",所以才有最后指着江水发出的回乡誓言。从思乡到望乡,再到发誓回乡,心情的发展是合理的、自然的。同时,因为这首诗是"游"位于长江中的"金山寺",而长江又从诗人的家乡流来,所以全诗围绕着长江落笔。诗以江水来自故乡作始,以向江水立誓归耕作结,其间被描写刻画的有天寒水枯时的沙岸潮痕,出没于江涛的盘陀大石,长江两岸的重叠青山,落日时分的万顷江波,赤如鱼尾的江天晚霞,傍晚时刻的微明江月,深沉黑夜的江心炬火,冥冥之中的大江之神,句句不离长江,甚至在全篇一百五十四个字中就不怕重复地用了十个"江"字。描写得景象瑰丽,虚实相辅,笔力则汪洋恣肆,神韵悠游。就是在这样的望江过程中,诗人的思乡之恋,望乡之情,归乡之愿,才被表现得那么真切、感人;而深感仕途险恶的厌倦心情在此中也可以窥见消息了。

【补充说明】

　　苏轼的家乡眉山近岷江。仁宗嘉祐四年(1059)，二十三岁的苏轼及其弟苏辙为母亲程夫人守丧期满，与父亲苏洵一起由岷江入长江而东下，经三峡而抵荆州。沿途三人写了一百首诗文，编成《南行集》。长江给予他的印象美好而又深刻，以至他在途中写的几乎都咏及长江。如《入峡》的"长江连楚蜀，万派泻东南"，《神女庙》的"大江从西来，上有千仞山"，《新滩》的"扁舟转山曲，未至已先惊。白浪横江起，槎牙似雪城"等。所以，诗人在《游金山寺》中流露出的对长江的深情是很自然的。

诗人小传

徐铉(917—992)　五代宋初扬州广陵(今江苏扬州)人,字鼎臣。早岁与韩熙载齐名,与弟徐锴并称"二徐"。善诗文,精文字学,曾受诏与句中正等校订《说文解字》,世称"大徐本"。有《骑省集》及《稽神录》。

王禹偁(954—1001)　济州巨野(今山东巨野)人,字元之。太平兴国八年(983)进士。历任右拾遗、翰林学士、知制诰。屡以敢言遭贬。文学韩愈、柳宗元,通俗畅达。诗崇杜甫、白居易。有《小畜集》。

寇准(961—1023)　华州下邽(今陕西渭南)人,字平仲。太平兴国五年(980)进士。淳化五年(994)除参知政事。景德元年(1004)辽兵大举入侵,他力促真宗亲征,至澶州和议而还。后两度罢相,卒于南方贬所。仁宗朝追谥忠愍。能诗,七绝尤有韵味。有《寇莱公集》。

林逋(968—1028)　杭州钱塘(今浙江杭州)人,字君复。早岁放游江淮间。后隐居杭州西湖孤山二十年。种梅养鹤,终身不娶,亦不仕。卒谥"和靖先生"。善行书,喜为诗,其诗风格淡远。有《林和靖诗集》。

梅尧臣(1002—1060)　宣州宣城(今属安徽)人,字圣俞。宣城古名宛陵,世称梅宛陵。初年屡试不第,历任州县官属。皇祐初赐进士出身。官至尚书都官员外郎。曾预修《唐书》。诗歌注重反映社会现实。诗风古淡、含蓄。与欧阳修同为北宋前期诗文革新运动领袖。有《宛陵先生集》。又曾注释《孙子》。

欧阳修(1007—1072)　吉州庐陵(今江西吉安)人,字永叔,号醉翁,晚年又号六一居士。曾任枢密副使、参知政事。因议新法与王安石不合,退居颍州。谥文忠。为北宋古文运动领袖,"唐宋八大家"之一。诗学韩愈、李白,古体高秀,近体妍雅。词婉丽。与宋祁合修《新唐书》,独撰《新五代史》。有《欧阳文忠公集》《六一词》等。

苏舜钦(1008—1049)　绵州盐泉(今四川绵阳东南)人,字子美。少以文荫补官。景祐元年(1034)进士。范仲淹曾荐为集贤校理、监进奏院,被陷劾除名。后复为湖州长史。诗风豪健。诗与梅尧臣齐名。有《苏学士文集》。

李觏(1009—1059)　建昌军南城(今属江西)人,字泰伯。世称盱江先生、直讲先生。庆历二年(1042)举"茂才异等"不第,倡立盱江书院。皇祐初,以范仲淹荐试太学助教,历任太学说书权同管勾太学。以文章知名。有《盱江文集》。

王安石(1021—1086)　抚州临州(今江西抚州)人,字介甫,晚号半山。庆历二年(1042)进士。熙宁三年(1070)任参知政事,行新法。

次年拜同中书门下平章事。七年罢相,次年再相;九年再罢相,退居江宁。封舒国公,旋改封荆,世称荆公。卒谥文。其文雄健峭拔,为"唐宋八大家"之一。诗遒劲清新。今存《王临川集》《临川集拾遗》,后人辑有《周官新义》《诗义钩沉》等。

王令(1032—1059) 广陵(今江苏扬州)人,字逢原。以教书为生。擅诗文。其诗风格奇崛豪放。王安石对其文章和为人皆甚推重。有《广陵先生文集》《十七史蒙求》。

苏轼(1037—1101) 眉州眉山(今属四川)人,字子瞻,一字和仲,号东坡居士。嘉祐进士。曾因作诗刺新法下御史狱。哲宗朝官至礼部尚书。又被贬谪惠州、儋州。卒谥文忠。与父洵、弟辙合称"三苏"。其文纵横恣肆,为"唐宋八大家"之一。其诗题材广阔,清新豪健,善用夸张比喻。与黄庭坚并称"苏黄"。词开豪放一派,与辛弃疾并称"苏辛"。又工书画。有《东坡七集》《东坡易传》《东坡书传》《东坡乐府》等。

黄庭坚(1045—1105) 洪州分宁(今江西修水)人,字鲁直,自号山谷道人,晚号涪翁。治平进士。后以修史"多诬"遭贬。与张耒、晁补之、秦观并称"苏(轼)门四学士"。与苏轼并称"苏黄"。诗风格奇硬拗涩,开创"江西诗派"。又能词。兼擅行、草书,为"宋四家"之一。有《山谷集》《山谷琴趣外篇》。

秦观(1049—1100) 高邮(今江苏高邮)人,字少游,又字太虚,号淮海居士。元丰八年(1085)进士。曾任秘书省正字,兼国史院编修官等职。坐元祐党籍，屡遭贬谪。为"苏门四学士"之一。词婉丽精密。有《淮海集》。

陈师道(1053—1102)　彭城(今江苏徐州)人，字履常，一字无己，号后山居士。家境困窘。少学文于曾巩，绝意仕进。元祐初，因苏轼等荐，为徐州教授，后任太学博士、秘书省正字等职。诗风格质朴老苍，为"江西诗派"代表作家。有《后山先生集》《后山谈丛》。

张耒(1054—1114)　楚州淮阴(今江苏淮阴)人，字文潜，号柯山。熙宁进士。曾任太常少卿等职。为"苏门四学士"之一。亦能词，有《张右史文集》。

韩驹(？—1135)　蜀仙井监(今四川仁寿)人，字子苍。政和初赐进士出身，除秘书省正字。宣和中迁中书舍人，寻兼权直学士院。高宗时知江州。少时以诗为苏辙所赏。有《陵阳集》。

李纲(1083—1140)　邵武(今福建邵武)人，字伯纪。政和二年(1112)进士。靖康元年(1126)金兵初围开封，坚决主战，击退金兵。高宗即位，拜尚右仆射兼中书侍郎，主张用两河义军收复失地，在职七十日被斥。卒谥忠定。有《梁溪集》《靖康传信录》等。

李清照(1084—约1151)　齐州章丘(今属山东)人，自号易安居士。李格非女，赵明诚妻。金兵入据中原后流寓南方，境遇孤苦。其词清丽婉约，颇具情致。诗作留存不多。后人辑有《漱玉词》。

诗 人 小 传

曾几(1084—1166)　祖籍江西,徙居河南府(今河南洛阳),字吉甫,号茶山居士。赐上舍出身。南宋时因主张抗金为秦桧排斥。后官至敷文阁待制,以通奉大夫致仕。谥文清。陆游曾师事之。有《茶山集》。

陈与义(1090—1139)　洛阳(今属河南)人,字去非,号简斋。政和三年(1113)登上舍甲科。官参知政事。其诗出于"江西诗派",上祖杜甫,下宗苏轼、黄庭坚,自成一家。南渡后诗风转为悲壮苍凉。有《简斋集》。

朱淑真(约1135—约1180)　杭州钱塘(今浙江杭州)人,号幽栖居士。一说北宋绍圣间在世,一说南宋绍定间在世。出身仕宦之家。相传因婚嫁不满,离异后抑郁而终。能画,通音律。词多幽怨。亦能诗。有《断肠集》《断肠词》。

刘子翚(1101—1147)　崇安(今属福建)人,字彦冲,号屏山,又号病翁。曾任兴化军通判。后退居武夷山,专事讲学。朱熹曾从其问学。有《屏山集》。

陆游(1125—1210)　越州山阴(今浙江绍兴)人,字务观,号放翁。孝宗朝赐进士出身。曾任镇江、隆兴通判。乾道六年(1170)任夔州通判。八年入四川宣抚使王炎幕府。官至宝章阁待制。晚年退居家乡。工诗、文,长于史学。与尤袤、杨万里、范成大并称"南宋四大家"。其诗今存九千余首,清新圆润,格力恢宏。有《剑南诗稿》《渭南文集》《南唐书》《老学庵笔记》等。

范成大(1126—1193)　苏州吴县(今属江苏)人,字致能,号石湖居士。绍兴二十四年(1154)进士。官至参知政事。曾使金,不畏强暴,几被杀。晚年退居家乡。善写田园诗。为"南宋四大家"之一。有《石湖居士诗集》《石湖词》《桂海虞衡志》《吴船录》等。

杨万里(1127—1206)　吉州吉水(今属江西)人,字廷秀,号诚斋。绍兴二十四年(1154)进士。孝宗时官至太子侍读。光宗召为秘书监。主张抗金。工诗。为"南宋四大家"之一。初学"江西诗派",后学王安石及晚唐诗,终自成一家,擅长"活法",时称"诚斋体"。一生作诗二万余首。亦能文。有《诚斋集》。

朱熹(1130—1200)　婺源(今属江西)人,字元晦,一字仲晦,号晦庵,又号晦翁,别称紫阳。绍兴十八年(1148)进士。官至焕章阁待制。卒谥文。集北宋以来理学之大成,对经学、史学、文学、乐律、自然科学均有贡献。有《四书章句集注》《周易本义》《诗集传》《楚辞集注》。后人编有《晦庵先生朱文公文集》和《朱子语类》等。

叶绍翁(约1194—?)　处州龙泉(今浙江龙泉)人,字嗣宗,号靖逸。其学出于叶适。诗属"江湖诗派"。有《四朝闻见录》《靖逸小集》。

刘克庄(1187—1269)　莆田(今属福建)人,初名灼,字潜夫,号后村居士。淳祐六年(1246)赐同进士出身。官至工部尚书兼侍读,以龙图阁学士致仕。卒谥文定。受学于真德秀。诗词多有感慨时事之作,为"江湖诗派"重要作家。有《后村先生大全集》。

林升(生卒年不详)　淳熙时士人。

文天祥(1236—1283)　吉州庐陵(今江西吉安)人,字宋瑞,又字履善,号文山。宝祐四年(1256)进士第一。德祐元年(1275)在赣州组义军入卫临安。次年任右丞相,出使元军,被扣后脱逃。景炎二年(1277)进兵江西。次年在广东被俘。被押送大都后囚禁三年,誓死不屈,被害。有《文山先生全集》。

汪元量(1241—1317年后)　临安钱塘(今浙江杭州)人,字大有,号水云,一说水云子。咸淳进士。南宋末,以善琴供奉内廷。元灭宋,随三宫被掳北去。曾访文天祥于狱中。后为道士南归。所作多纪实诗篇,述亡国之痛。有《水云集》《湖山类稿》。

林景熙(1242—1310)　温州平阳(今属浙江)人,字德阳(一作德旸),号霁山。咸淳七年(1271)自太学生授泉州教官。历礼部架阁、从政郎。入元不仕。有《林霁山集》。

再版后记

20世纪80年代末90年代初,蒙钱伯城先生错爱,约我编写了这本小册子,收入他主编的"中国诗歌宝库"。

钱先生认为中国的诗歌,具有形式美与内涵美,前者讲究对仗与音节,后者则是将志趣、怀抱和情感以美妙的音调传之久远,因此要求这套丛书在选编上要注意分类、注释、作意、作法、补充说明诸项,在写作上要重通俗但不失精到,厚知识而通达事理,以为读者在阅读、欣赏中提供一点帮助。宋诗讲究格律声韵,为了利于吟诵或者习作,在中华书局(香港)有限公司1991年初版时,本书每字每句都用音符标明了平仄和所用韵部,上海书店出版社在1993年引进时取消了此项。

本书得以再版,要真诚地感谢给予我帮助的以下各位:

上海教育出版社社长兼总编辑缪宏才先生,他在主持上海社会科学院出版社期间就建议此书再版,并一直给予关心。

上海社会科学院出版社副总编辑唐云松先生和本书的责任编辑邱爱园女士,在此书出版过程中给了我极大的支持与鼓励。

我的表妹杨凌女士,丹青妙染,再现了富蕴宋人气象、意韵的画意。

复旦大学施正康教授,挥翰自如,锦绣云章,写照了我们五十余年的情谊。

校订主要做了以下的工作：一是改正了原版中错植、误植的字和标点。二是纠正了当年由于学识不足而造成的偏差，譬如原来对于古代有四季、五季之季节划分的不甚了了，对于"暖风"一词从字面理解的大而化之，等等。

在校订过程中，常常有陡然产生的"不忍"感觉：同一首诗，现在读起来的心情，如何与三十多年前的文字所表达的会有那样的不同？细细想来，大概这就是真正的"却道天凉好个秋"吧！好在只是一本通俗小册子的重印，不是特别不可将就之处，也就不去动它了。

陈达凯

癸卯岁末

图书在版编目(CIP)数据

宋诗选 / 陈达凯编选 .— 上海：上海社会科学院出版社，2024
 ISBN 978-7-5520-1412-9

Ⅰ. ①宋…　Ⅱ. ①陈…　Ⅲ. ①宋诗—诗集　Ⅳ.
①I222.744

中国版本图书馆 CIP 数据核字(2016)第 121776 号

宋诗选

编　　选：陈达凯
责任编辑：邱爱园
装帧设计：周剑峰
插　　图：杨　凌
题　　签：施正康
出版发行：上海社会科学院出版社
　　　　　上海顺昌路 622 号　邮编 200025
　　　　　电话总机 021-63315947　销售热线 021-53063735
　　　　　https://cbs.sass.org.cn　E-mail：sassp@sassp.cn
照　　排：南京理工出版信息技术有限公司
印　　刷：上海颛辉印刷厂有限公司
开　　本：890 毫米×1240 毫米　1/32
印　　张：9.25
插　　页：7
字　　数：230 千
版　　次：2024 年 5 月第 1 版　2024 年 5 月第 1 次印刷

ISBN 978-7-5520-1412-9/I·190　　　　　　　　定价：58.00 元

版权所有　翻印必究